中公文庫

南九州殺人迷路

新装版

西村京太郎

JN017684

中央公論新社

目次

南九州殺人迷路

新装版

第一章　宮崎への旅

1

警視庁捜査一課の西本刑事は、三日間の休暇を貰って、南九州の宮崎に向った。

二月二十日、まだ、寒い時だった。

表向きの目的は、見合いである。宮崎に住む大学の先輩のすすめだった。

この先輩には、学生時代に、大変、世話になっていた。

西本が、S大の学生だった頃、その先輩は、脱サラして、学校の近くで、小さな食堂をやっていた。決して、豊かではなかった西本は、アルバイトを、年中、やっていたが、それでも、金が無くなると、彼は、この先輩の店に行き、タダで、ご馳走になった。特に、ハヤシライスは、美味かった。

この先輩の名前は、小池敏郎。奥さんは、小柄な美人で、西本は、彼女にも、世話になっている。

二年前、この小池夫婦は、突然、東京神田の食堂を閉め、宮崎に引っ越してしまったのである。どんな事情があったのか、西本は、聞いていない。

その小池からの見合いのすすめだった。西本は、見合いそのものには、格別、心は動かされなかったが、宮崎へ移ってから、一度も訪ねていない小池夫婦には、会ってみたかった。

それで、上司の十津川警部に、三日間の休暇願を出したのである。

西本は、一度、結婚していた。その新婚旅行の途中で、新妻は殺されてしまった。犯人は、逮捕したが、その時の心の傷は、まだ、完全に治ってはいない。

十津川も、それを心配して、早く、新しい恋人が出来て、彼の傷が、癒されればいいと思っていたから、すぐ、宮崎行きを許可した。

「宮崎には、シーガイアという、冬でも泳げる場所があるそうじゃないか。そこで彼女と一緒に遊んできたらいい」

と、十津川は、西本にすすめた。

「警部。まだ、相手の顔も見ていないんですよ。私の方で、勝手に決めても、向うが、どう思ってくれるのか、わかりません。顔を合せたとたんに、断られるかも知れませんよ」

西本が、苦笑して、いう。

「その時は、ひとりで、泳いで来い」

と、十津川は、いった。

西本は、翌二月二十日、一一時一五分羽田発のＪＡＬ３０３便で、宮崎に向った。

午後一時過ぎ、定刻より五分おくれで、宮崎空港に着いた。

二月なのに、飛行機は、ほぼ満席だった。スチュワーデスに、いつも、こんなに客がいるのかと聞くと、同じ宮崎で、巨人軍がキャンプを張っているせいだという答が、返ってきた。そういわれてみると、西本も、テレビで顔を知っている野球解説者が、乗っていた。多分、巨人軍キャンプを、見に行くのだろう。

宮崎は、快晴だった。

さすがに、南国らしく空港のタクシーのりばに面した通りには、ヤシの並木が続いている。

タクシーに乗り、小池が電話でいっていた、

「オーシャン45というホテルへ行ってくれ」

と、いうと、それなら、シーガイアの中にあると、運転手はいい、信号待ちの時、パンフレットを、渡して、寄越した。

シーガイアを、テレビのＣＭでしか知らなかった西本は、ドームの中にある大きなプールのことだと思っていたのだが、パンフレットを見ると、プールがあるのは、オーシャンドームと呼び、その他に、シーガイア全体として、ホテル、テニスコート、国際会議場（サミットホール）などがあるということだと、わかった。

十五分も走ると、もう、宮崎市内だった。街全体が明るく感じられるのは、やはり、南国の太陽のせいか、それとも、市内にあるヤシ並木のせいだろうか。

市街を抜け、シーガイアに入ると、外国のような道路になってきた。

サミットホールを通過してすぐ、高層ホテルが見えた。それが四十五階建てのホテルオーシャン45である。

そのロビーが、待ち合せの場所だった。

小池は、先に来ていた。

西本を見ると、手を上げて迎え、横にいる若い女性を、彼に紹介した。

「こちらは、木下ゆかりさんだ」

木下ゆかりは、二十五歳前後だろう。眼の大きな女だなというのが、西本の初印象だった。

「僕が、時々行く指宿（いぶすき）の旅館の娘さんだ。この通りの美人だし、頭もいいので、君にふさわしいと思ったんだよ」

と、小池は、説明した。

「このホテルの六階に、君のために、部屋をとっておいた。彼女の部屋は、その隣りだ。僕は、鹿児島へ行かなければならないので、失礼するが、二人で、隣りのオーシャンドームへ行って、楽しんでくれ」

とも、小池は、いう。

「小池さんは、今日、ここに泊らないんですか？」

西本が、きく。彼のつもりでは、見合いそのものより、大学の先輩で、昔、世話になった小池に会うことが、目的で、宮崎へ来たからだった。

「今も、いったように、どうしても、今日中に、鹿児島へ行かなければならない用があるんでね」

「奥さんは、お元気ですか？」

「ああ、元気だよ」

と、小池は、いい、腕時計に眼をやって、立ち上った。

「車を待たせてあるので、あわただしくて申しわけないが、これで、失礼する。まあ、僕がいない方が、いいだろう」

2

二人だけ、残されて、西本は、改めて、木下ゆかりに、眼を向け、

「小池さんは、僕のことを、あなたに、どんな風に説明していたんですか？」

と、きいた。

彼女の顔に、微笑が浮んだ。

「警視庁のエリート刑事で、今どき珍しいほど正義感にあふれていて、優しい人だと――」

「大げさだな。正義感は、刑事なら、誰だって持っています。それがなければ、刑事は、勤まりませんからね」

「刑事さんというのは、本当だったんだ」

「嘘だと思っていたんですか？」

「そうじゃありませんわ。でも、本物の刑事さんを見るのが、初めてだから」

と、ゆかりは、また、微笑する。

「これから、どうします。まず、食事をしましょうか」

「ええ。このホテルの一階に、おいしい懐石料理を食べさせるお店があるんです。そこへ行きません？」

「いいですよ」

と、西本も、肯いた。

ゆかりの案内で、「花路」という店に入り、「緑樹」というコースを、注文した。

食事の最中に、なぜか、ゆかりが、時々、腕時計に眼をやるのが、西本は、気になって、

「何か、用があるんなら、いって下さい。僕は、構いませんよ」

「いいえ。何もありませんわ」

と、ゆかりは、いい、

「西本さんは、隣りのオーシャンドームに行ったことがあるんですか？」

と、話題を変えてしまった。

「僕は、初めてです。上司に、休暇願を出したら、ドームで、泳いで来いといわれました」

「私も、初めてなんです」

「それなら、明日、行きましょう」

と、西本は、いった。

夕食のあと、西本は、ゆかりを六階の６０２号室に送り、自分は、隣りの６０４号室に入った。

窓を開けると、眼の下に、ゴルフコースが見え、その向うに、カマボコ型のオーシャンドームが見えた。

室内にも、オーシャンドームの案内が、置かれてあった。

〈オーシャンドームは、不思議とおどろきがいっぱいの楽園です〉

と、書いてある。

西本は、ソファに腰を下して、その案内に眼を通した。

本場の海のような波を起こすハイテク技術が使われているとか、開閉式の屋根は、十分間で開いたり閉ったりする。その大きさは世界最大だと、誇らしげに、書いてあった。

それに、二・五メートルの巨大な波を作り出すので、真冬でも、サーフィンが出来るらしい。去年の夏から、サーフィンを習い始めている西本は、明日は、それを楽しみたいとも思った。

パンフレットを見終ると、西本は、東京の十津川に電話をかけた。

「今、見合いをすませて、部屋に入っています」

「どうだったね？　見合いの相手の印象は？」

「明るくて、なかなかの美人です。指宿の旅館の娘さんだということでした」

「旅館の娘？　まさか、そこへ養子に行くような話には、ならないんだろうな？」

「大丈夫です。彼女は、次女だそうですから」

「それならいいね。私としても、優秀な部下の一人を、失いたくないからね」

と、十津川は、いう。

「明日、隣りのオーシャンドームで、泳いで来ます」

「もちろん、彼女も一緒なんだろう？」

「ええ。一緒です」

「うまくやれよ」

十津川は、月並みなことをいって、電話を切った。

早目に、ベッドに入り、西本は、珍しく夢を見た。

普段は、めったに、夢を見ない。知らず知らずに、見合いで、興奮していたのかも知れない。

翌日、午前六時には、眼をさますと、シャワーを浴びて、服に着がえた。隣りの部屋に行き、彼女を誘って、朝食に行くためだった。

ドアを開けようとすると、入口のところに、白い封筒が落ちているのを見つけた。ホテルが、何かの案内を、ドアの下から、入れておいたのだろうと思い、西本は、それを、ポケットに押し込んで、６０２号室のドアを、ノックした。

だが、返事がない。もう一度、ノックしてみたが、同じだった。先に、ロビーにおりてしまったのだろうかと思い、西本も、エレベーターで、一階におりて行った。

ロビーに入って、見廻(みまわ)したが、ゆかりの姿は何処にも無かった。

一緒に、朝食をと、昨夜、約束していたから、彼女が、ひとりで、朝食をとりに行ったとは、思えない。

西本は、ロビーのソファに腰を下して、ゆかりが、現われるのを待つことにしたが、その時になって、ポケットに封筒が入っているのを思い出した。

取り出してみると、ホテルからの案内ではなかった。封筒の中から、これも、ホテルに備えつけの便箋(びんせん)を取り出した。

〈ごめんなさい。全部、嘘です。　　　ゆかり〉

その一行の文字しかなかった。

意味が、わからなかった。全部、嘘だというのは、どういうことなのだろう？

今度の見合いの話そのものが、嘘だということなのだろうか？

それとも、指宿の旅館の娘というのが、嘘だということなのか？

或いは、その二つが本当で、今日、オーシャンドームへ行くという約束が、嘘だということなのか？

西本は、フロントへ行って、６０２号室の木下ゆかりが、今、何処にいるか、聞いてみた。

若いフロント係は、壁の棚に眼をやってから、

「もう、チェックアウトなさいましたが」

「それ、いつです？」

「昨夜の十時過ぎです」

それなら、夕食がすみ、ホテルのバーで、軽く飲んで、彼女と別れたあとである。

「何処へ行ったかわかりませんか？」

「タクシーをお呼びしましたが、行先は、ちょっと、わかりかねます」

と、フロント係は、いった。

木下ゆかりは、あの置手紙を書き、ドアの隙間から入れておいて、チェックアウトしたのだろう。

（つまり、おれは、振られたということなんだ）

と、西本は、自分に、いい聞かせた。

彼女は、見合いをしたが、西本が、気にいらなかった。だが、それを、西本にいい出せず、こんな恰好で、姿を消してしまったのだろう。

（おれも、にぶいな）

と、思った。

見合いのあと、彼女が、にこにこしていたので、勝手に、自分のことを気に入ったと思い込んでしまったのだ。

そう考えていくと、西本は、次第に、自己嫌悪に落ち込んで行った。

しばらくして、西本は、気を取り直し、朝食をすませると、ホテルから歩いて五分ほどのところにあるオーシャンドームに行くことにした。三日間、休暇を取っているので、ドームを見ることにしたのである。

ビニールで仕切られたドームの中は、三〇度ぐらいの暑さである。

西本は、ロビーの売店で、海水パンツを買い求め、それに、はきかえた。

一四〇メートルの長いビーチの左右に、島があり、その島には、それぞれ、遊戯施設が作られている。

右手の島は、火山島で、十五分おきに、ごろごろと音を立てて、煙を噴き出す。赤い炎も見える。

島には、ウォーターシュートや、流れるプールなどが作られているが、オーシャンドームのメインは、何といっても、波の出る巨大プールである。

シュガービーチと名付けられた砂浜で、ショーが始まったので、西本は、まず、それを見物することにした。

拡声器がそれを告げるのだが、日本語の他に、韓国語や中国語の放送も行われる。アジアから、このオーシャンドームに来る観光客が多いからだろう。

ショーは、海外のプロダンサーで、華やかで、楽しかった。

それが終ると、客たちは、白いビーチから、波のプールに、思い思いに入っていく。

プールは、青い海の感じに作ってあった。中ほどに、仕切りのブイが並んでいる。その先は、三・五メートルの深さがあり、幼児には、危険だからだろう。

サーフィンの模範演技があり、そのあと、西本は、レンタルのボードを千円で借りて、波のりを楽しんだ。

大きな波が、繰り返し、押し寄せてくるので、ボディボードを楽しめるが、危険ということで、サーフィンは、禁止になっていた。

波は、左右にある大型ポンプで、発生させているらしい。

一時間ほど、ボディボードを楽しんだあと、二階のカフェテリアレストランで、西本は、スパゲティを食べた。

食事がすんだあとは、もう一度、波のプールで泳ごうという気もなく、二階から、ぼんやりと、プールを眺めていた。

その眼が、急に、きつくなった。

一階のシュガービーチには、パラソルが並び、その下の椅子に腰を下して、人々が、ソフトクリームをなめたりしている。

左端のパラソルの中に、若いカップルがいたのだが、女の方が、昨日、見合いした木下ゆかりに、そっくりだったのだ。

男も、彼女と同じ二十代だろう。二、三歳、彼女より、年上か。

二人とも、水着を着ていないから、このドームに、泳ぎに来たのではないらしい。

男の方は、サングラスをかけている。西本は、じっと、眼をこらした。

二人の会話は、聞こえて来ないが、楽しそうな雰囲気は、感じられなかった。二人が、ののしり合っている感じのように見えた。

その中（うち）に、二人は、西本の視線から消えてしまった。

西本は、急いで、一階のシュガービーチに行ってみたが、サングラスの男も、木下ゆかりに似た女も、見つからなかった。どうやら、オーシャンドームの外に出てしまったらしい。

（あれが、木下ゆかりだったとしても、おれには関係のないことだ）

と、西本は、自分に、いい聞かせた。

見合いということで、ホテルで、会いながら、『ごめんなさい。全部、嘘です』という、わけのわからないメモを残して姿を消した女である。

そんな女のことを気にしても、仕方がないだろう。

振られた女を、探したりするのは、愚の骨頂なのだ。

そのあと、一時間ほど、オーシャンドームで、遊んでから、西本は、ホテルに帰った。

六階の部屋に入ると、電話に、赤ランプがついていた。フロントに連絡すると、

「外から、伝言が入っています」

と、フロント係が、いう。

「誰から、どんな伝言ですか？」

「木下ゆかり様という女の方からで、伝言は『助けて下さい』です」

「それだけですか？」

「女の方は、携帯電話の番号を、おっしゃっていました。その番号を申しあげます」

西本は、フロント係のいう番号を、手帳に書きつけた。

だが、すぐ、その番号にかける気にはなれなかった。

とにかく、逃げた女である。こちらは、振られたのだ。その女からの伝言があったとはいえ、もう、関係のない女ではないか。

第一、「助けて下さい」といわれても、それだけでは、何のことか、わからない。

しばらく、窓の外を眺めていたが、やはり気になって、いわれた携帯にかけてみることにした。

だが、彼女の携帯は、留守電になっていた。

〈かけて下さったのが、西本さんでしたら、お願いです。助けて下さい。私は、桜島へ行くことになりそうです〉

妙な留守電の文句だった。

これは、西本へのメッセージではないか。西本だけへのである。

（どういうことなのだろうか？）

また、西本は、考え込んでしまった。

今でも、この携帯電話を、彼女が持っていたら、こんな妙な言葉を吹き込まずに、自分で、電話に出るだろう。

だから、今、彼女は、この携帯電話を持っていないと見ていいのではないか。

「助けて下さい」というのは、ゆかりの身に、危険が迫っているということなのか。

3

（しかし――）

と、西本は、考えてしまう。

もし、彼女が、危険な立場だったとしたら、なぜ、見合いの席で、西本に、いわなかったのか？

それが、わからない。

第一、助けて下さいといわれても、どう助けていいかわからないではないか。

鹿児島へ行った小池のことも、心配だったし、ゆかりは、なぜ、小池に助けを求めなかったのだろうかという疑問もわいてくる。

西本は、念のために、もう一度、携帯の番号にかけてみた。が、前と同じで、彼女は出ず、妙な留守電の文句を聞かされた。

〈かけて下さったのが、西本さんでしたら――〉

声は、間違いなく、木下ゆかりと思われる。

西本は、今度は、自分の携帯の番号を、吹き込んだ。

それから、オーシャンドームで見た男女のことを、思い出した。

それが、ゆかりだったら、危険な相手は、一緒にいたサングラスの男だろうか。

あの男に、捕まってしまって、隙をみて、刑事の西本に、助けを求めたのか。

西本は、宮崎市内の小池の家を訪ねてみることにした。

見合い話が嘘だったとしても、小池は、木下ゆかりのことを、よく知っているに違いない。今、小池は、鹿児島へ行っているが、家には、妻の章子がいる筈で、彼女も、木下ゆかりのことを知っていると、思ったからである。

西本は、ホテルをチェックアウトすると、タクシーで、宮崎市に向った。

前に、小池から手紙を貰っているので、家がどこにあるか知っている。確か、市内で、「プチ・モンド」という喫茶店を、夫婦でやっている筈だった。

タクシーの運転手に、覚えている番地と、プチ・モンドという店の名前を、いった。

市のメインストリート「橘通り」から、脇道に入ったところに、「プチ・モンド」があった。

小さいが、洒落た造りの店だった。

二階建てで、下が、喫茶店で、二階が、住居になっている。

タクシーから降り、西本は、店に入って行った。

カウンターの奥に、三十二、三歳の男がいて、二十歳ぐらいのウエイトレスが、一人いた。小池の妻の姿は、見当らなかった。

西本は、カウンターに腰を下して、コーヒーを注文した。

「この店のご主人は、確か小池さんでしたね？」

と、西本は、確かめるように、男に、きいた。

「小池？　ああ、前の持主ね」

と、男は、いう。

「前の持主？　小池さんは、この店を、売ってしまったんですか？」

「そうですよ。私が、K不動産から買ったんです。小池さんは、そのK不動産に売ったんでしょうね」

「店の名前は、変っていませんね」

「看板を替えるのに、金がかかるし、私自身も、プチ・モンドという名前が気に入ったのでそのままにしているんです」

「いつからです？」

「一週間前だったかな」

西本は、コーヒーをかきまぜながら、どうなっているんだろうと、自分に、質問していた。

ホテルで会った時、小池は、なぜ、店を手放したといわなかったのだろう？

「小池さん夫婦が、今、何処に住んでいるか、わかりますか？」

と、西本は、きいた。

「さあ、わかりませんね」

「K不動産は、何処にあるか教えてくれませんか」

「宮崎駅の前ですよ」

と、相手は、いい、親切に、略図を描いてくれた。

西本は、歩いて行くことにした。

ヤシ並木のある橘通りから、交叉(こうさ)する高千穂通りに曲がる。その先、突き当ったところが、宮崎駅である。

平成五年に改修した宮崎駅は、巨大なビルに見えたが、近づくと、表面は、ただの金網

「失礼ですが、あなたのお名前は？」

と、西本は、きいてみた。

「私は、太刀川です。太刀川勇」

男は、微笑して、いう。

デザインで、中はがらんとして、工事中のビルの感じだった。

確かに、通りをへだてた向い側に、K不動産があった。

小さな店で、中には、男一人と、女一人しかいなかった。

西本が、女事務員に、警察手帳を見せると、びっくりした顔になって、

「社長、警察の方が見えましたよ」

と、奥にいる四十歳ぐらいの男を、呼んだ。

小太りの体をゆするようにして、出てくると、

「警察が、何の用です？」

「プチ・モンドという喫茶店を、ご存知でしょう？」

「ええ。知っていますよ。うちで扱った物件だから。あの店が、どうかしましたか？」

男は、挑戦的な眼で、西本を見た。

「前の持主の小池さんが、私の友人でしてね。なぜ、店を売ることになったのか、知りたいんですが」

「そういうことなら、小池さん本人に聞いたらどうです？」

「捕まらないんですよ。小池さんも、奥さんも」

「金ですよ。金が必要になったから、売ったんです」

男は、面倒臭そうに、いった。

「引っ越し先を知りませんか？」

「残念ですが、知りませんね」

「そうですか――」

西本は、多少の疑問を感じながらも、店を出た。

あと、手掛りといえば、木下ゆかりが、指宿の旅館の娘だという、小池の言葉だけである。

西本は、宮崎駅の中に入り、公衆電話を探した。

その電話に備え付けてある九州の電話帳のページを、繰っていった。

職業別のものに、指宿の旅館、ホテルの電話番号が、ずらりと並んでいる。

テレホンカードを入れ、片っ端から、電話をかけていった。

質問は、「そちらに、木下ゆかりという娘さんはいませんか？」だけである。

指宿の全部の旅館とホテルにかけ終ったが、無駄だった。木下ゆかりという娘がいるという旅館、ホテルは、無かったのである。

西本は、いやでも、「ごめんなさい。全部、嘘です」という彼女のメモの言葉を思い出さざるを得なかった。

「全部、嘘です」というのは、どういうことなのか。見合いが、嘘だということだとは、思っていたが、彼女が、指宿の旅館の娘というのも、どうやら、嘘だったらしい。

助けて下さいというのも、嘘ではないのか？　いや、助けて下さいという言葉自体も、嘘ではないのかと、考えてしまう。

（ひょっとすると、木下ゆかりは、全部嘘だと書いたり、助けて下さいといったりして、おれを、右往左往させ、それを、何処かで見ていて、喜んでいるのではないのか？）

そんな疑いも持ってしまう。とにかく、これ以上、振り廻されるのは嫌だと思った。

西本は、腕時計に眼をやった。

宮崎―羽田の最終便は、二〇時〇〇分である。まだゆっくり間に合う。

西本は、タクシーを拾い、宮崎空港に向った。

午後五時過ぎに、空港に着いた。今から、一番近い便は、一九時〇〇分発だった。あと、二時間近くあった。

羽田まで、ＡＮＡ６１８便の航空券を買ってから、空港内の喫茶店に入った。ひどく疲れたような気分だった。

いつもは、コーヒーを注文するのだが、今回は、ミルクを頼み、それを、飲みながら、店のテレビに眼をやった。

画面に、船が映った。「第十三桜島丸」が、船名だった。

続いて、若い男の顔が、画面に出た。アナウンサーの声が、その画面に、かぶさった。

〈今日の午後三時頃、桜島に着いた町営のフェリー第十三桜島丸の最上階のデッキの隅で、若い男性の死体が発見され、警察が調べることになりました。この男性は、持っていた運転免許証から、長谷川浩さん、二十五歳とわかりました。

乗客の中に、長谷川さんが、若い女と一緒にいるのを見たという人が何人かいて、警察は、この女性の行方を探しています。この女性は、年齢二十五歳前後で、白いセーターの上に、黒いコートを羽織っており、大きな眼が印象的だったといわれます。長谷川さんは、ナイフ状のもので、背中を何ヶ所か刺されており、警察は殺人事件とみて、捜査を開始しています〉

（木下ゆかりだ）

と、西本は、とっさに思った。

目撃された服装は、ホテルで、西本が見たのと同じだったし、眼が大きいという点も、よく似ている。

とすると、殺されたのは、オーシャンドームにいたサングラスの男だろうか？

（もし、そうだとすると、どういうことになるのだろう？）

木下ゆかりが、長谷川浩という男を、背後からナイフで刺して殺したということなのか。

桜島には、鹿児島から、フェリーが出ている。

約十五分で着くという。とすると、鹿児島発のフェリーに、木下ゆかりと、長谷川浩は、乗っていたが、途中で、ゆかりが、長谷川を刺殺して、逃げたのか。

ゆかりは、留守電に、「桜島へ行くことになりそうです」と、入れている。

桜島へ行くことになりそうです——というのは、受動的で、誰かに、連れて行かれそうだというように、読める。

サングラスの男に、無理矢理、フェリーに乗せられたのだろうか。

そういえば、先輩の小池も、用があって、鹿児島に行かなければならないと、いっていた。

こうなってくると、小池のことも、心配になってきた。

それに、西本は、刑事である。殺人事件を、見過ごして、東京には帰れない。

刑事根性というやつだ。

休暇も、あと一日ある。

西本は、羽田行をキャンセルして、宮崎駅から、鹿児島行の列車に乗ることにした。

日豊本線の、宮崎一八時三九分発、西鹿児島行の特急「きりしま11号」に、乗った。夕食は、車内で、駅弁ですませた。

鹿児島に着いたのは、二〇時四五分である。

鹿児島港から、桜島行のフェリーに乗った。このフェリーは、桜島町の町営である。

海は、おだやかで、船は、ゆっくりと、桜島に向って進む。

西本は、寒いのを我慢して、最上階の甲板(デッキ)にあがってみた。ニュースでは、このデッキの隅で、男が、殺されていたことになっていた。

今は、二月である。いくら南国といっても、最上階のデッキは、吹きさらしで、寒かったに違いない。ここまで上ってくる物好きも、いないだろうから、犯人は、絶好の場所を選んだことになる。

殺して、デッキの隅に隠し、船が、桜島港に着いたら、さっさと、上陸して、消えてしまえばいいのだ。それも、着く寸前に殺せば、捕まることはまず、ないだろう。

今も、最上階のデッキには、人影は、全くない。

月が明るいので、噴煙のあがる南岳が、黒いシルエットになって、鮮やかに、浮び上って見える。

鹿児島港から、わずか十五分で、桜島港に着く。

接岸すると、まず、一般乗客の下船が、始まる。

西本も、フェリーから降りた。岸壁に、制服警官が、二人出ているのは、殺人事件が、起きたためだろうか。

西本は、タクシーを拾い、古里温泉に向った。道路の両側に、延々と、溶岩が、続く。南岳の大噴火が、いかにすさまじいものであったかを、無言で示している。

古里温泉に着き、S旅館に入った。

木下ゆかりも、もし、フェリーで、この桜島へ渡ったのなら、この古里温泉に、泊っているのではないか。それとも、今日中に、鹿児島に戻り、何処かに姿を隠したのだろうか。

テレビのニュースを見る。

殺人事件の続報があった。

〈今日の午後、桜島行のフェリーのデッキで殺された長谷川浩さん(二十五歳)は、東京都新宿区矢来町のマンションが住居ですが、現在、独身、平河町に事務所のある田中信行代議士の個人秘書を、やっていました。田中事務所の話では、長谷川さんは、三日前から、休暇をとっており、何故、九州にいたのか、わからないということです。また、何故、殺されたのかも見当がつかず、事務所としては、困惑しているとも話しています。県警としては、長谷川さんが、何故、鹿児島へ来ていたのか、ひとりで来ていたのか、連れがいなかったかなどについて、調べをすすめていく模様です〉

テレビのニュースが終ったあと、西本は、東京の十津川警部に、電話をかけた。

「鹿児島の桜島で起きた殺人事件のことですが」

と、西本が、いいかけると、

「それより、見合いの方は、どうだったんだ?」

「その件も、これから、お話しします。桜島行のフェリーの中で、殺されていた長谷川浩という男なんですが――」

「東京の人間で、田中信行という代議士の個人秘書だ。鹿児島県警から、捜査協力の要請が来ているよ」

「実は、私が、見合いをした相手は、木下ゆかりという女性なんですが、彼女が、殺された長谷川浩と、一緒だったようなのです」

「本当か？」

十津川の語調が変った。

「彼女とは、今日一緒にシーガイアのオーシャンドームで、遊ぶ約束をしていたんですが、急に、ホテルから消えてしまったんです。仕方なく、ひとりで、オーシャンドームに行ったんですが、そこで、彼女を見かけました」

「どういうことなんだ？」

「私にもわかりません。その時、サングラスの若い男と一緒だったんですが、その男が、どうも、殺された長谷川浩のようなのです」

「他にも、何かあるのか？」

「私が、ドームからホテルに戻ると、彼女からの伝言がありました。助けて下さいの言葉と、彼女の携帯電話のナンバーです。そこで、そのナンバーに電話すると、彼女は出なくて、また、助けて下さい、桜島へ行くことになりそうです、という言葉だけが入っていたのです」

「君は、助けて下さいという理由が、わかったかね?」

「いや、わかりません。今でも、見当がつかなくて、当惑しているんです」

「田中代議士だがね」

「はい」

「こちらで、一つだけわかったのは、君と同じS大を出ているということだ」

「と、いうことは、小池先輩とも同じ大学を出たということになります」

「そうだ。同じS大の先輩、後輩に当っている」

と、十津川は、いい、続けて、

「今、こちらでは、更に、長谷川という人物について、調査を続けている」

「お願いします」

「ところで、君は、どうしたいんだ?」

「それで、迷っています。見合いの相手、木下ゆかりは、私に、助けて下さいといっていたんです。出来れば、こちらに残って、真相を明らかにしたいと思っています」

「今、桜島にいるんだったな」

「はい。桜島の古里温泉の旅館にいます」

「桜島に、木下ゆかりも、来たと君は、思っているんだな？」

「そうです。鹿児島港から、桜島行のフェリーが、出ているんですが、彼女と、殺された長谷川が一緒に乗ったのではないかと、思っています」

「目撃者がいるのか？」

「長谷川が、若い女と一緒にいるのを見たという目撃談もあるんです。その女性が、木下ゆかりかどうかは、わかりませんが」

「君の先輩の小池は、今、何処にいるんだ？」

「見合いの前、彼は、鹿児島に急用があるのでといって、別れましたから、彼も、鹿児島にいるのではないかと、思っています」

「面白いな」

「そうなんです。小池先輩も鹿児島に行き、木下ゆかりも、桜島へ行くことになりそうですと、留守電で、いっているのです。そして、鹿児島から桜島へ行くフェリーの甲板で、長谷川浩が殺されています」

「三人とも、鹿児島か？」

「そうなんです」

「そうだな」

と、十津川は、短い間があってから、

「君は、そちらに残って、鹿児島県警に協力して、事件の解決に当れ。私から、県警の方へ君のことを話しておく」

と、いった。

4

二時間ほどして、西本の泊っている旅館に、二人の刑事が、訪ねて来た。

鹿児島県警の加藤と、坂上の二人の刑事だった。

旅館一階のロビーで、西本は、二人と、会った。

「西本さんが、今回の殺人事件について、情報をお持ちだというので、それを伺いに来ました」

と、三十五、六歳に見える加藤が、いった。十津川が、県警に連絡したのだろう。

西本は、宮崎のホテルと、オーシャンドームでのことを、詳しく話した。それから、木下ゆかりのこともである。

ただ、先輩の小池については、事件に関係があるかどうか不明なので、話さなかった。

加藤は、眼を光らせて、

「その木下ゆかりが、フェリーの中で、長谷川浩を殺したかも知れないということですね？」

「そう断定されては、困ります。オーシャンドームで目撃したサングラスの男が、殺された長谷川浩と同一人物かどうか、まだわかりませんから」

「しかし、彼女が怪しいことは、確かだと思いますね。第一、指宿の旅館の娘だといいながら、木下ゆかりという娘がいる旅館は、無かったんでしょう？」

と、加藤が、食いさがる。

「私が、当った範囲では、その通りです」

とだけ、西本は、いった。

「しかも、置手紙で、ごめんなさい、全部嘘ですと、いっているんでしょう？」

「これが、そのメモです」

西本は、木下ゆかりの書いたメモを、県警の二人の刑事に見せた。

「どういうことなんですかね？」

若い、二十代の坂上刑事が、メモを見て、首をひねる。

「私にも、わかりません」

「木下ゆかりという名前も、本名かどうかわかりませんね」

と、加藤が、いう。

「かも知れませんが――」

西本は、別の疑問を、ずっと、考え続けていた。

（あの見合いは、いったい何だったのか？）

という疑問なのだ。

先輩の小池が設定した見合いである。指宿の旅館の娘さんだと紹介したのは、小池である。

小池は、本当に、指宿の旅館の娘だと、信じていたのだろうか？

「木下ゆかりという女の似顔絵を作りたいんですが」

と、坂上が、いった。

「わかりました。協力しますよ」

「では、特徴を話して下さい。僕は、似顔絵を描くのが、得意なんです」

坂上は、やおら、スケッチブックを取り出した。

西本が、木下ゆかりの顔立ちを話し、坂上が、鉛筆を走らせる。自慢するだけあって、彼の似顔絵は、上手かった。みるみる、スケッチブックの上に、一人の女の顔が、描かれていく。

西本の言葉に従って、坂上が、少しずつ、修正していく。

一時間もすると、完成した。

「よく、彼女の特徴が出ています」

と、西本は、賞めた。

そのスケッチの脇に、彼女の身長、体重、それに、服装を書き込んでいく。

「私には、彼女が、長谷川浩を殺したとは、思えないのです」

と、西本は、いった。

「そうでしょう。男は、こういう美人に弱いですからね」

加藤が、皮肉めいたいい方をした。

西本も、苦笑せざるを得なかった。加藤の言葉が、当っていなくもなかったからである。

木下ゆかりについて、西本は、ほとんど何も知らないといっていい。だから、外見で判断するより仕方がないのだ。

「このメモには、彼女の指紋がついていますか?」

と、加藤がきく。

「ついていると思います。多分、彼女が、ドアの隙間から、入れたんだと思いますから。指紋の照合ですか?」

「そうです。前科があるかも知れませんから」

と、加藤は、いった。

「私は、前科はないと思いますよ」

と、西本は、いった。

「なぜです?」

「彼女は、私を、刑事と知っていて、見合いしているんです。前科があれば、私とは、見合いをしないでしょう」

「だが、念のためということがあります」

と、加藤は、頑固にいった。

「この似顔絵を持って、桜島のホテル、旅館、ペンションを、片っ端から、当ってみるつもりです。彼女がまだ、桜島にいるかも知れませんからね」

と、坂上が、いった。

「その結果を、教えて貰(もら)えるんでしょうね？」

「もちろん、西本さんには、報告します」

と、坂上がいい、二人の刑事は、帰って行った。

すでに、夜半になっている。

それでも、西本は、なかなか寝つかれなかった。考えることが、いくらでもあったからである。

一番知りたいのは、やはり、小池が設定した見合いの目的だった。小池は、本気で、見合いをすすめたのか？　どうも、それが、信じられなくなっている。

もし、本当の見合いなら、まず、木下ゆかりのことを、詳しく調べるだろう。だが、小池は調べていない。彼は、「指宿の旅館の娘」と紹介したが、どうやら、それは、嘘だったからである。

（いや、小池は、木下ゆかりが、指宿の旅館の娘ではないことを、知っていたのではないのか？）

小池は、自分が、時々行く指宿の旅館の娘だといったのだ。だが、違っていた。それを、小池は、知っている筈なのだ。「自分が時々行く指宿の旅館の娘さんだ」と、紹介したのだから。

小池は、何のために、そんな、調べればわかるような嘘をついたのだろうか？

西本の知っている小池は、親分肌の男で、決して、こんな嘘をつく人間ではなかった。だから、損を承知で、西本たち後輩の面倒を見てきたのだ。

その小池が、なぜ――？

もう一つの大きな疑問は、木下ゆかり自身のことである。

（君は、本当は、何者なのだ？）

と、思う。

身元が、はっきりしない。それに、「助けて下さい」というメッセージ。

あのメッセージさえ、嘘ではないのかという疑問が、わいてくるのだが、そこまで嘘はつかないだろうという気もする。

助けて下さいというのが、彼女の本音だったとすると、西本と見合いをした時点で、すでに、危険が近づいていることを、感じとっていたのではないか。

それなら、なぜ、二人だけになった時、正直にわけを話し、西本に、助けを求めなかったのだろう？

もし、打ち明けてくれていたら、力になれたのだ。非番とはいえ、西本は、現職の刑事なのだから。

寝つかれないままに、西本は、朝を迎えた。

眼をしばたたきながら、起き出して、顔を洗う。やがて、中居が、朝食を運んできた。

西本は、テレビをつけ、ニュースを見ながら、箸(はし)を動かすことにした。

〈昨日、二月二十一日に、桜島行の連絡船の甲板で殺されていた長谷川浩さん、二十五歳のことで、新しく判明したことが、鹿児島県警で、発表されました。

長谷川さんが働いていた田中代議士事務所の話では、長谷川さんは、休暇を取って、旅行に出ていたので、鹿児島に行っていたことは、全く知らなかった。従って、今回の事件について、コメントすることは、何もないそうです。

県警の話では、長谷川浩さん殺しについて、有力な容疑者が、浮んできています。それは、二十代の女性で、問題のフェリーに、長谷川浩さんと一緒に乗っていたと思われています。この女性は、宮崎のシーガイアから、鹿児島に来て、桜島行のフェリーに、長谷川さんと一緒に乗ったと考えられます。目下、警察は、桜島の旅館、ホテルなどに当り、この女性がまだ桜島にいるかどうかを調べています〉

西本の傍で、テレビを見ていた仲居が、

「犯人は、若い娘さんなんですか」

「まだ、そうだと、決ったわけじゃない」

西本は、ぶぜんとした顔で、いった。

「でも、ニュースでは、若い娘さんが、犯人みたいに、いっていますよ」

「まだ、容疑の段階だよ。それに、その娘のことで、何かわかったということでもないんだ」

西本が、いったとき、部屋の電話が鳴った。県警の加藤刑事からだった。

「桜島のホテル、旅館に、片っ端から当ってみたんですが、木下ゆかりは、見つかりませんでした。多分、鹿児島に、戻ってしまっているんだと思います」

と、加藤は、いった。

「残念でしたね」

と、西本は、いったが、どこかで、ほっとしてもいた。今、彼女には、捕まって欲しくはない。

県警が見つける前に、西本は、彼女を、見つけたかった。見つけて、あの見合いは、何だったのか、それを、話して貰いたかった。

木下ゆかりが、この桜島にいないとなると、どうしたらいいのだろうか。もう一つ、小池を見つけて、本当のことを聞きたかった。

西本は、朝食をすませると、旅館を出た。バスで、桜島港へ行き、そこから、フェリーで、鹿児島に向った。

快晴で、フェリーの上から、南岳から、白い噴煙が出ているのが、はっきり見えた。

鹿児島に着くと、西本は、県警を訪ねることにした。十津川が、電話で、連絡しておいたとしても、一応、あいさつをしておかなければならないと、思ったからである。

加藤刑事の話では、西警察署に、捜査本部が置かれているということなので、西本は、そちらへ行ってみた。


〈桜島行フェリー上の殺人事件捜査本部〉


の看板が、出ていた。

西本が、入って行くと、加藤刑事に出会った。彼が、谷口という警部に、会わせてくれた。谷口が、この事件の責任者になっているという。

「加藤刑事に、西本さんのことは、聞いています」

と、若い谷口警部が、いった。

「私としては、木下ゆかりを見つけて、真相を聞きたいと思っているのです」

と、西本は、いった。

「宮崎のシーガイアで、彼女と、見合いをされたそうですね」

「それが、本当の見合いだったかどうかも、今になるとわからないのです」

「しかし、本庁の刑事を、見合いと騙して、宮崎へ呼んだとは、思えませんがねえ」

「そうなんですが、彼女が姿を消し、助けて下さいという電話があり、そして、桜島行のフェリーの上で、殺人が起きているんです」

「それが、全て、つながっていると、西本さんは、考えておられるんですか？」

「理屈ではなく、つながっているような気がするんです」

と、西本は、いった。

「勘ですか？」

「今のところ、その通りです。証拠は、何もありません」

「なかなかの美人ですね」

谷口が、黒板に貼られた木下ゆかりの似顔絵に、眼をやった。

「眼の大きな美人です。加藤刑事にも、いったんですが、とても、嘘の見合いで、私を、東京から呼びつけるような女には、思えないのです」

「しかし、指宿の旅館の娘だというのも、嘘だったんでしょう？」

「電話で、指宿の旅館、ホテルに当ってみたんですが、どこでも木下ゆかりという娘はいないと、いわれました」

「何の目的で、西本さんを、見合いの話で、宮崎まで呼んだんですかね？」

「それも、わかりません」

「しかし、そのことと、フェリーの上での殺人とが、つながっていると、考えておられるんでしょう？」

「そうです。ですから、私は、鹿児島に来ています」

と、西本は、いった。

第二章　指宿

1

電話の音で、西本は、眼をさました。

鳴っているのは、西本の携帯電話だった。手を伸ばして、西本は、携帯を手に取った。

「西本さんですか？」

と、いう遠慮がちな女の声が聞こえた。

西本は、思わず、布団の上に、起きあがった。

「ゆかりさんですね？」

「ごめんなさい」

「それより、今、何処にいるんです？」

「指宿です」

「砂風呂（すなぶろ）で有名な？」

「ええ」

「こっちでは、大変ですよ。桜島と鹿児島の間を走る連絡船で、長谷川浩という男が殺されて、あなたが、容疑者になっているんです」

「知っています。ニュースで見ましたから」

「あなた、殺したのですか?」

「そんな――私は、殺していません。信じて下さい」

「信じますよ。だが、僕としては、事実が知りたいんです。あなたが、殺された長谷川浩らしい男と、シーガイアで、一緒にいたことは、僕も見ています。彼とは、どんな関係なのか? なぜ、一緒にいたのか、全部話して貰いたい。そうすれば、あなたの力になれます」

と、ゆかりが、いう。

「会ってお話ししたいんです。二人だけで」

「いいですよ。僕が、これから指宿に行きましょうか?」

「わざわざ、指宿まで来て貰うのは、申しわけなくて――」

「それなら、鹿児島に来ますか? いや、鹿児島には、来ない方がいい。あなたの似顔絵を持って、県警の刑事たちが、血眼で、探しています」

西本は、自分が県警に協力して、彼女の似顔絵を作ったことを忘れていた。

とにかく、県警が、彼女を捕える前に、彼女に会って、話を聞きたかったのだ。

「何処か、二人だけで、会える場所がないかな？　僕は、南九州は、初めてなので、何処にしたらいいか、わからないのですよ」

と、西本は、いった。

「私の好きな、小さな美術館があるんですけど」

と、ゆかりが、いった。

「何処にあるんです？」

「鹿児島から、指宿に行く途中にある美術館なんです。そこなら、静かです」

「場所を教えて下さい」

「指宿枕崎線の坂之上という駅でおりて、そこから、車で、七、八分のところにある児玉美術館です」

「児玉美術館ですね？」

「ええ。白い建物なので、すぐわかります」

「何時に会いますか？」

「午後一時に会いたいんですけど」

「いいでしょう。午後一時に」

「お願いですから、西本さん一人で来て下さい」

「必ず、一人で行きます」

西本は携帯を切ると、初めて、枕元の腕時計に眼をやった。

まだ、午前四時前だった。

もう、眠れなかった。そのまま、朝を迎えた。

県警に黙って行くことに、後ろめたさを感じたが、西本は九時に朝食をすませると、旅館を、出た。

西鹿児島駅で、時間を潰（つぶ）してから、指宿枕崎線に乗った。

六つ目の駅が、坂之上駅だった。

駅前で、タクシーを拾い、児玉美術館に向った。

国道225号線から、脇道に入る。両側に竹林のある静かな道の向うに、ゆかりのいった白い美術館があった。

車を降りると、頭上で、竹林のゆれる音が聞こえた。

人の気配はない。静かだった。

三百円の入館料を払って、中に入る。

ゆかりは、まだ、来ていなかった。郷土の画家、海老原喜之助や、大嵩禮造の作品が、並べてあった。

それを、ゆっくり、見て歩いている中に、木下ゆかりが、現われた。

彼女は、ゆっくり、近づきながら、用心深く、周囲を見廻（みまわ）している。

西本は、微笑した。

「大丈夫。誰もついて来ていませんよ」

「すいません」

「あなたは、僕に対して、いつも、謝っていますね。オーシャン45でも、ごめんなさい、全部、嘘ですと、謝っていた」

「すいません」

ゆかりは、また、謝った。

「謝らなくてもいいから、本当のことを話して下さい。そうじゃないと、力になれません」

と、西本は、いった。

「怖いんです」

「何がですか？　それに、オーシャン45で、全部、嘘だと、メモに書いてあったのは、どういう意味なんです？」

「私、命を狙われているんです」

「命を狙われるって、誰に、何故ですか？」

「それが、よくわからないんです」

「どうも、はっきりしませんね」

「でも、本当のことなんです。誰かに、尾行されたり、車で、はねられそうになったり――」

「それは、何処でです？」

「宮崎でも、鹿児島でもなんです」

「地元の警察へは、行ったんですか？」

「ええ。でも、気のせいだろうといって、相談にのってくれませんでした」

「かも知れませんね。警察は、なかなか動かないから」

「それで、小池さんに、相談したんです。そしたら、自分の後輩で、本庁の刑事をしている西本という人間がいる。その西本に、相談にのるように、話してやろうと、いって下さったんです。でも、本庁の刑事さんが、わざわざ、九州まで来て下さる筈がないと、いいました。そしたら、小池さんが、見合い話を考えて下さったんです。お互いに若いし、独身だから、見合いをしてもいいじゃないか。そうすれば、真剣に、相談にのってくれる筈だといって――」

「それで、全部、嘘だというメモなんですか？」

「オーシャン45で、西本さんに、お会いしている中に、嘘をついていることが、苦しくなってしまったんです」

「なるほどね。それで、フェリーのデッキで殺された長谷川浩という男とは、どういう関係なんですか？　あの男が、あなたを、尾行したりしていたわけですか？」

「いいえ。あの人は、突然、向うから、話しかけて来たんです」

「突然にですか？」

「ええ。シーガイアでです」

「どういって、近づいてきたんですか？」

「君を尾行したり、車ではねて殺そうとしている奴を知っていると、いうんです。その理由もですわ」

2

「それで、どうしたんですか？」

「教えて下さいと、頼みました。そうしたら、ここでは話せない。桜島へ行こう。向うでなら、話せるといわれました。そうしたら、桜島へ行くフェリーで、あの人が、殺されてしまったんです。それで、怖くなって、桜島から逃げ出しました」

「彼の名前が、長谷川浩ということは、知っていましたか？」

「ええ。自分で、長谷川といっていましたから。でも彼の経歴も、何も知りませんでした。全て、桜島で、話してくれることになっていましたから」

「それで、僕に頼みというのは、どんなことですか？」

「私が、容疑者になっているのは、知っていました。ニュースで、そういっていましたから。でも、私は、彼を、殺していませんわ。桜島で、話を聞くことになっていたんですから」

「ええ」

「私、どうしたらいいかわからないんです。このままでは、犯人にされてしまう。でも、どうしたらいいかわかりません。それで、西本さんに、助けて頂きたいんです」

「小池さんは、今、何処にいるんですか?」

と、西本は、きいた。

「わかりません。連絡が取れなくて、困っているんです」

「あなたを、狙っていた人間が何者かわかれば、いいんですがね」

「それが、今いったように、全く、心当りがないんです」

「だが、長谷川浩という男は、それを知っていると、いったんですね?」

「はい」

「新聞によると、彼は、田中信行という代議士の個人秘書だといっています。田中代議士は知っていますか?」

「会ったことは、ありませんわ。でも、確か、鹿児島選出の先生だと聞いたことがありますけど」

「彼の選挙を手伝ったことはありませんか？」

「いいえ。政治には、あまり関心がありませんから」

「田中信行は鹿児島選出ですか」

「ええ」

「今、指宿にいるんでしたね？」

「ええ。指宿の海岸のホテルに泊っています。海上館というホテルです」

「そこにいることは、誰にもいっていませんね？」

「はい」

「じゃあ、いったん、そこに帰っていて下さい。僕は、県警の様子を調べてから、今日中に指宿に行きます」

と、西本は、いった。

二人は、坂之上駅で別れ、西本は、また鹿児島に戻った。

捜査本部の置かれている西警察署へ行き、谷口警部に会った。

「西本さんのいわれた木下ゆかりですが、まだ、見つかりません」

と、谷口は、残念そうに、いった。

「そうですか」

とだけ、西本は、いった。

「私の考えでは、もう、鹿児島にはいないのではないかと思うのです。殺人犯なら、鹿児島に、じっとしている筈がありませんからね」

「何処へ逃げたと、思いますか?」

「そうですね。鹿児島空港から、高飛びしているかも知れません。東京へ逃げたかも知れないし、沖縄へ逃げたのかも知れません」

と、谷口は、いった。

指宿の地名が出ないので、西本は、ほっとした。

「被害者の方は、どうなりました? 田中信行代議士の個人秘書だと聞いているんですが」

「午前十時頃、田中代議士が、遺体の引き取りにみえましたよ」

と、谷口は、いった。

「代議士本人がですか?」

「ええ。自分の息子みたいに思っているといわれていました」

「それで、田中代議士は、事件のことを、どういっているんですか?」

と、西本は、きいた。

「それを、田中代議士に、聞いてみましたよ。全く、心当りがないと、いわれました」

「しかし、田中代議士は、この鹿児島選出じゃなかったですか?」

「そうですが、今は、選挙中ではないし、なぜ、秘書の長谷川が、鹿児島に来ていたのかわからないと、いっていましたね」

「そうですか」

「西本さんは、これから、どうなさるんですか？」

「折角、東京から来たので、あと、二、三日、ここにいようかと思っています」

と、西本は、いった。

西警察署を出ると、指宿へ行く前に、腹ごしらえがしたくなって、西鹿児島まで行き、駅近くのラーメン店に入り、さつまラーメンを注文した。

テーブルに腰を下して、ラーメンが運ばれてくるのを待っていると、三十五、六の男が、彼の前に座った。

ウエイトレスに、男は、「さつまラーメン」と注文してから、じっと、西本に、眼を向けた。

「西本刑事ですね」

「どうして、知ってるんです？」

西本も、男の顔を、見返した。

「いろいろと、知っていますよ。あなたが、今日、児玉美術館に行ったこともね」

男は、ニヤッと笑う。

「何者なんだ？　あんたは」

　と、西本は、きいた。

「小島とでも、呼んで下さい」

「それで、僕に、何の用だ？」

「あなたは、刑事だ。しかも、エリートの本庁の刑事だ。だから、真実を知りたい筈だと思うのですよ」

「だから？」

「だから、欺されちゃいけません」

「僕が、誰に、欺されているというんだ？」

「わかっているでしょう。あの女にですよ」

「あの女？」

「木下ゆかりです。若くて美人で、一見すると、誠実そうに見える。だから、男は、あの女に欺されてしまう。あなたも、刑事だが、普通の若い男だ。あの女のいうことを、信じているんでしょう？　だから、いわれるままに、児玉美術館に、出かけて行った」

「どうして、知ってるんだ？」

「そんなことは、どうでもいいでしょう。僕がいいたいのは、本庁の刑事が、あんな女に、簡単に欺されては、困るということなんですよ」

「何を、どう欺されているというんだ？」

「桜島行のフェリーで殺されていた長谷川浩の件ですよ。あの女は、全く知らない男だと、いったんじゃないですか？」

と、男は、きく。

「それの、どこが嘘だというんだ？」

「去年の選挙戦の時、あの女は、田中代議士の陣営で、働いていたんですよ。もちろん、秘書の長谷川浩とも、顔を合せている筈です」

「君のいう通りだとして、なぜ、長谷川浩が、殺されたんだ？」

「ゆすりですよ」

「ゆすり？　誰が、誰を？」

「彼女が、田中代議士をゆすったんですよ」

「何をネタにだ？」

「田中代議士の選挙を手伝っていた時、セクハラ行為があったとして、田中代議士を、ゆすったんです。今は、政治家にとって、セクハラは命取りになりますからね」

「しかし、証拠がなければ、無視してしまえば、いいだろう」

「ところが、証拠があったんですよ。写真が撮られていたんです。いや、あの女が、最初からゆするつもりで、仲間に、写真を撮らせたんだと、見ていますがね」

「彼女に、仲間がいるのか？」

「何でも、小池とかいう中年の男です。宮崎で喫茶店をやっていました」

と、男は、いう。

二人のラーメンが、運ばれてきたが、どちらも、すぐには、箸をつけなかった。

「彼女が、田中代議士をゆすり、田中代議士は、個人秘書の長谷川を、九州にやって、話をつけさせようとしたんです」

「金を持ってか？」

「そうです。いくら持って来たかは、わかりませんがね。多分、桜島行のフェリーの中での取引きということになったんだと思いますね。ところが、話が、こじれた。フェリーには、彼女の他に、小池という仲間も、乗っていたと思いますね。その小池が、長谷川を刺殺したんですよ」

「その金は、どうなったんだ？」

「そんなこと、誰が考えても結論は、同じでしょう。長谷川を殺した犯人が、奪って、持ち去ったんですよ」

「いくらぐらいの金が、ゆすられたんだ？」

「わかりませんが、百万単位とは、考えられません。一千万単位だと思いますね」

と、男は、いってから、笑顔になって、

「ラーメンを食べましょうよ。のびてしまう」

「君は、なぜ、いろいろと、知ってるんだ？」

西本は、きいた。

男は、せっせと、箸を動かしながら、

「それは、秘密です」

「なぜ、僕に、話すんだ？」

「だから、何回もいっているじゃありませんか。本庁の優秀な刑事が、あんな女に欺されているのは、我慢がならなかったんですよ」

と、男は、いった。

西本は、じっと相手の顔を見すえた。

「君にとって、何の得があるんだ？」

「別に、得はありませんよ。あなたに、真実を見つめて、欲しかっただけですよ」

男は、冷静な口調で、いった。

3

「まだ、君のいうことは、簡単には、信じられないんだがね」

と、西本は、いった。

「そうでしょうね」

と、男は、肯いてから、

「しかし、僕の話の通りだとすると、事件の説明がつくでしょう？　長谷川浩という田中代議士の秘書が、フェリーの中で殺された理由が、わかるんじゃありませんか。長谷川と、木下ゆかりが、シーガイアで、何か話していたことも、桜島行のフェリーの中で一緒だったという噂もですよ」

「ゆすりか」

「セクハラをネタにしたゆすりですよ。共犯の小池という男ですがね。宮崎でやっていた喫茶店を、借金で、手放してしまっているんです。金に困っていた。それで、木下ゆかりと組んで、田中代議士を、ゆすったんですよ」

箸を置き、男は、話す。

宮崎市内の小池の喫茶店「プチ・モンド」が、他人の手に渡ってしまっていることは、西本も知っていた。

（この男の話は、本当なのだろうか？）

西本の気持が、ゆれてくる。

もし、本当だったら、西本の行為は、とんだ笑いものになってしまうだろう。

同情して、あれこれ助言しているのに、相手は、ゆすりと、殺人の犯人なのだから。

西本が、立ち上って、レジで、金を払っていると、男が、追いかけて来た。

「これから、木下ゆかりに、会いに行くんですか？」

「君には、関係ない」

「あの女に、欺されないようにして下さいよ。刑事の職を失うことになりますからね」

「大きなお世話だ」

西本は、怒り声でいい、店を出ると、西鹿児島駅に向って、大股(おおまた)に歩き出した。

男が、尾行してくるかと思い、立ち止まって、振り向いたが、いつの間にか、姿が見えなくなっていた。

三両編成の指宿枕崎線の車両に乗る。

坂之上駅の一つ先の五位野(ごいの)を過ぎると、車窓に、海が見えてきた。

これから先は、ずっと、海が見えている。

一時間少しで、電車は、指宿駅に着いた。赤い屋根のコンビニみたいな感じの駅である。

駅前で、タクシーを拾い、「海上館」の名前をいった。

指宿の温泉街は、海沿いに、細長く延びていた。ぽつん、ぽつんと、ホテル、旅館が並ぶ。海上館は、端の方にあった。

夕闇が、周囲におりて来ていた。そのホテルに入る時、西本は、周囲を見廻(みまわ)した。あの男が、尾行して来ていないか、気になったからである。

西本は、ロビーで、ゆかりを呼び出して貰った。

彼女は、浴衣の上に、丹前を羽織った恰好で、現われた。

「本当に、来て下さったんですね」

と、ゆかりは、嬉しそうに、微笑した。

「約束は、守りますよ」

「鹿児島の様子は、どうでした？」

「警察は、あなたが、もう、遠くに逃げてしまったと、考えていますよ。鹿児島から、飛行機で」

「私は、逃げたりはしませんわ。私は、人殺しなんかしていませんから」

ゆかりは強い口調で、いった。

「小池さんとは、どんな知り合いなんですか？」

西本が、きくと、ゆかりは、眉をひそめて、

「また、質問ですか？」

「僕は、あなたのことを、全て、それも、詳しく知りたいんです。そうでないと、本気で、あなたのことを、助けられない」

と、西本は、いった。

「小池さんのことは、よく知ってらっしゃるんでしょう？　大学の先輩だから」

「でも、それは、僕が、学生時代に、世話になったんで、卒業したあとは、あまり、会ってなかったんです」

「小池さんは、西本さんのことを、よく覚えていましたけど――」

「僕だって、小池さんの思い出は、強烈だけど、最近の小池さんについては、知らないし、まして、あなたと、小池さんの関係は、ただ、知り合いの娘さんという小池さんの言葉しか知らないんだ」

「私は、指宿の旅館の娘で、たまたま、小池さんが見えた時、知り合っただけです」

「それは、小池さんから聞いています。このホテルですか？」

「いいえ。こんな大きなホテルじゃありません。ちっぽけな旅館です」

「今、その旅館は、どうしているんです？　そこに、どうして、泊らないんですか？」

「木下旅館というんですけど、今、競売(けいばい)にかけられているんです」

と、ゆかりは、いう。

「競売？　借金が、返せなくなったんですか？」

「ええ。だから、住んでいられなくなって、両親は、近くの小さなマンションに入っています」

「それで、売れそうなんですか？」

「わかりません」

「小池さんの喫茶店も、他人手に渡ってしまっている。どうなっているんですか？」

「みんな苦しいんです」

「実は、今日、あなたと別れてから、鹿児島で、妙な男に、会いました。ラーメンを食べていたら、いきなり、話しかけて来たんです。小島と名乗っていましたが、多分、偽名でしょう。彼は、あなたのことをよく知っているといいました」

「――」

ゆかりは、少しだけだが、怯えたような表情になった。

「心当りはありませんか？　あなたは誰かに尾行されたり、車で、はねられかかったといったが、この男じゃありませんか？」

「わかりませんわ。私は、相手の顔を見ていないんです。ただ、怖くて――」

「この男ですが、妙なことをいったんです。あなたが、田中信行代議士の選挙の手伝いをしていたというのですよ」

と、西本は、いった。さすがに、田中代議士をゆすっているという話は、今は、出来なかった。

「それは、嘘です。私は、選挙の手伝いなんかしたことは、ありません」

「しかし、その男は、なぜ、そんな嘘をいったんだろう？」

「私も、その人に会って、なぜ、そんな嘘を、西本さんにいったのか、聞きたいと思いますわ」

ゆかりは、強い口調で、いった。その大きな眼を見ていると、彼女の言葉を信じたくなってくる。

「その男は、僕が、本庁の刑事だということも知っていました」

「どうしてでしょう？」

「僕にもわかりませんが、とにかく、その男は、僕があなたの味方になるのを、何とかして、止めようとしていた。そう思います」

と、西本は、いった。

だから、あることないこと、ゆかりの悪口を、いったのだろうか。

そう考えれば、納得がいく。

西本は、海上館に、チェック・インの手続きを取り、気分直しにゆかりと一緒に、指宿名物の砂風呂(すなぶろ)に入ってみることにした。

受付で、浴衣を渡される。ナイロンの下着をつけていると、低温火傷(やけど)をするので、必ず、全裸で、浴衣を着るようにいわれ、西本は、その通りにして、海岸へ出た。

海岸に屋根がついていて、その下に、砂風呂がある。

別の入口から入ったゆかりは、もう浴衣で、砂の上に寝そべり、係の女性が、せっせと、砂を、彼女の身体にかけていた。

西本も、その横に、寝そべり、砂をかけて貰う。

少しずつ、身体が、温まっていき、やがて、汗が出てくる。気持がいい。

西本は、眼を閉じて、考えに沈んだ。

見合いのつもりでやって来たのが妙なことになってしまった。

巻き込まれたという気がして仕方がない。十津川は、こちらの警察に協力しろという。もちろん、西本も、そのつもりだが、自分の気持が、ぐらついているのを感じていた。

第一、木下ゆかりが、見つかったことを、鹿児島県警に報告していないのだ。明らかに、刑事としては、失格だろう。だが、一人の男として、木下ゆかりを、県警に、引き渡す気になれないのだ。

だが、これから、どうしたらいいかわからなかった。

ゆかりは、助けて欲しいという。何者とも知れない人間に尾行され、車にはねられそうになったというが、それが、本当かどうか、西本には、確めようがない。

また、殺された長谷川浩は、その人間を知っているといって、彼女に、近づいて来たというが、彼が死んでしまった今、ゆかりの言葉を信じるより仕方がないのだ。

身体が、熱くなってきた。

係の女は、好きなだけ入っていてもいいといったが、どうも、我慢が出来なくなって、西本は、起きあがってしまった。

ゆかりは、まだ、眼を閉じて、気持良さそうに砂に埋まっている。

「お先に」

と、西本は、いって、ホテルのシャワー室に入っていった。

砂だらけの浴衣を放り込む口があり、そこに投げ入れて、ジェットシャワーで、身体の砂を落とし、傍の大浴場に入り、身体を沈めた。

二月末で、寒いのだが、やたらに、身体が、火照っている。

部屋に戻り、午後六時になって、ゆかりと、夕食にした。

夕食は、会席料理だった。

「お酒が、飲みたい」

と、ゆかりの方からいい、仲居に、地酒を運ばせた。

西本も、飲みたい気持だった。

ゆかりは、あまり強くないらしく、すぐ、眼のふちが朱(あか)くなり、急に、色っぽい表情になった。

「西本さんは、私のことを、どう思っているの？」

と、言葉遣いも、柔らかくなった。

そんなゆかりの様子に、西本は、戸惑いながら、

「大丈夫？」

「何が？」

「少し酔ったみたいだから」

「まだ、酔ってなんかいないわ」

「それならいいんだが」

「むしゃくしゃして、酔っ払いたいの。旅館は他人手に渡りかけているし、誰かが、私を監視しているし、殺人事件が起きて、容疑者になってしまったし――」

「いつからなんです？」

「何が？」

「尾行されていると思うようになったり、車ではねられかけたのは、いつからなんです？」

「わからない。うちの旅館が、うまくいかなくなった頃からかしら」

「今年になってから？　それとも、去年から？」

「去年の暮れからだと思う」

「車にはねられそうになった時だけど、相手の車は、見たんですか？」

「ええ。ちらっとだけど」

「どんな車でした？」

「白い国産車。あれは、レンタカーだと思う。ナンバーが、レンタカーのものだったから」

と、ゆかりは、いってから、急に、いやいやをするように、首を振って、

「もう、そんな話やめましょう」

「しかし、あなたは、僕に助けて欲しいんでしょう？　それなら、全て、話してくれないと」

「わかってるけど、今は、楽しい話をしたいの」

「いいけど、何の話をするんです？」

「西本さんに、一つだけ、聞きたいことがあるの」

「いって下さい」

「もし、本当に、見合いだったら、西本さんは、私を、気に入ってくれた？　それとも、気に入らなかった？」

ゆかりは、じっと、大きな眼で、西本を見つめた。

西本は、笑って、

「気に入らなければ、こうやって、指宿まで来ませんよ」

「それ、本当？」

「本当ですよ」

「よかった」

ゆかりが、嬉しそうに、にっこりした。

とたんに、彼女の身体が、ぐらりとゆれた。

「酔っ払ったみたい」

「大丈夫ですか？」

「大丈夫じゃないわ」

「弱ったな」

「隣りの私の部屋まで、連れてって下さい」

ゆかりは、立ち上ろうとして、よろけた。

西本が、あわてて、彼女の身体を支えてやった。

ずっしりとした彼女の身体の重みが、西本の両腕に伝わってきた。

ゆかりは、眼を閉じている。

「抱いて貰(もら)っていると、気持がいい。安心するの」

「しっかりして」

西本は、ゆかりの身体を抱き上げると、隣りの部屋まで、運んで行った。

そこには、もう、布団が、敷かれていた。

そっと、その上に、正体のなくなったゆかりの身体を、寝かせた。

「ごめんなさい」

と、ゆかりが、眼を閉じたまま、小さく呟(つぶや)いた。

4

午前六時三十分。

まだ、外は、暗い。

海岸は、引き潮になっていて、砂浜から、湯気があがっている。

砂が、熱いので、湯気が、立ち昇るのだ。

その湯気の中に、黒い人影が、砂の上に寝そべって見えた。

男だった。

男のコートも、髪も、顔も、海水で、濡(ぬ)れていた。

少しずつ、明るくなってくる。

犬を散歩につれてきた、近所の老人が、それを見つけた。

犬が、吠(ほ)える。

だが、男の身体は、ぴくりとも動かない。

老人は、犬を押さえながら、近づいて行き、小さく、声をあげた。

その男が、死んでいるとわかったからである。

老人が一一〇番し、二台のパトカーが、静かな海岸に、けたたましいサイレンをひびかせて、駈(か)けつけた。

刑事たちがおりて来て、死体を取り囲んだ。

その時、ホテルの部屋で、窓の外の物音に、西本が、眼をさまして、カーテンを開けた。

砂浜に、二台のパトカーがいる。

(事件があったらしい)

と、思って、じっとしていられず、浴衣の上に丹前を引っかけて、海岸に飛び出した。

刑事たちの輪に近づくと、刑事の一人が、西本を見て、

「やあ」

と、声をあげた。

県警の、加藤という刑事だった。

西本が、頭を下げると、

「西本さんは、海上館に泊っていらっしゃったんですか」

「ええ。事件ですか?」

「男が、砂浜で死んでいるんです」

「殺人ですか?」

「後頭部を割られているから、多分、殺人事件でしょうね」

と、加藤は、いう。

西本は、覗き込んだ。男の死体が、仰向けに、横たわり、検視官が、屈み込んでいた。

ふと、西本の顔が、険しくなる。

（あの男だ！）

と、思った。

小島と名乗って、話しかけてきた男である。

加藤が、素早く、それを察して、

「西本さんの知り合いですか？」

「いや。別に、知り合いじゃありませんが、鹿児島のラーメン店で、昨日、会っています」

と、西本は、いった。

「会って、話したんですか？」

「ただ、ちょっとしたことで、絡まれただけです」

西本は、嘘をついた。いったことが、本当か嘘か、まだ、わかっていなかったからである。

「絡まれた？」

「ええ。絡まれたんです」

「そうですか」

加藤は、半信半疑の顔をしている。いや、疑っている。それも、当然かも知れない。西本自身、下手な嘘だと、思っているからだ。だが、今は、それで、通すより仕方がない。

「身元は、わかったんですか？」

と、西本は、きいた。

「名前は、浅井豊。三十五歳。東京の私立探偵です。運転免許と、名刺がありました」

「東京の私立探偵ですか」

「ご存知なかったですか？」

「知りませんよ。ラーメン店で、絡まれただけなんですから」

「そうでしたね。どうも、奇妙なんですよ」

「何がですか？」

「先日、フェリーの中で殺された長谷川浩も、東京の人間だし、今度の仏さんも、東京の人間です。二人とも、東京から、何かをしに、この南九州へやって来たとしか思えませんからね」

と、加藤は、いう。

「二人とも、観光ということは、考えられませんか？」

「検視官の話では、死亡推定時刻は、昨日の午後十一時だそうです。そんな時刻に、観光客が、暗い海岸を歩いていたとは、とても、思えないのですよ。そんな時間、海岸は、やたらに寒かったと思いますからね」

「そうでしょうね」

西本も、肯(うなず)いた。

いくら、南国といっても、まだ、二月末である。夜半に、海風に吹かれたら、ふるえあがってしまうだろう。

「仏さんは、なぜ、そんな時間に、こんなところにいたんですかね？」

と、西本は、きいた。

「まあ、普通に考えれば、犯人と会うためでしょうが――」

「会うなら、もっと、暖かい場所にすればいい」

「そうなんですよ。だから、はっきりした理由は、わからないんです」

と、加藤は、いった。

(ひょっとして、海上館を、見張っていたのではないのか？)

と、西本は、思った。

今、海上館には、木下ゆかりがいる。彼女を、見張っていたということは、十分に考えられる。

西本の推理は、どんどん、先へ、進んでしまう。

(殺したのは、木下ゆかりかも知れない)

ゆかりは、小島こと、浅井豊のことは、全く知らないと、いっていた。

ゆかりのその言葉を、西本は、信じていない。

この男の方は、ゆかりや、小池のことを、よく知っていた気配があった。

としたら、ゆかりが、何も知らないというのは、不自然ではないのか。

「寒くなった」

と、西本は、わざと、ふるえて見せてから、加藤と別れて、ホテルに引き返した。

自分の部屋に入ると、驚いたことに、丹前姿のゆかりが、窓から、海岸を見つめていた。

「事件ですか？」

と、ゆかりが、きく。

顔が、青白かった。

「砂浜で、男の死体が見つかったんです。昨日、僕が話した男です。あなたや、僕のことを知っているといった男です」

と、西本は、いった。

「本当に、同じ人？」

「ええ。名前は、浅井豊。東京の私立探偵だそうです」

「私立探偵——ですか」

「県警の刑事も、奇妙だといっていましたよ。フェリーで殺された男も、同じ東京の人間ですからね。二人も、何か用があって、東京からわざわざ、この南九州にやって来て、同じように、殺されてしまった。奇妙だと、僕も思いますね」

「何しに来たのでしょう？」

「わかりません。が、二つの殺人事件には、共通したものがあると、僕は、思っています。ひょっとすると、犯人も同一人物かも知れません」

西本は、確信を持って、いった。

「私を、尾行していたのは、浅井という私立探偵なのかしら？」

「わかりませんが、僕が、今、一番知りたいのは、動機なんです。彼が、あなたを尾行したとしたら、その動機です」

「私立探偵は、依頼主がいて、その頼みで、動くんでしょう？」

「そうです」

「それなら、私を尾行してくれと、頼まれて、この九州にやって来たんだと思いますけど」

「しかし、あなたには、尾行される理由が、わからないんでしょう？」

「ええ。わかりません」

「県警が、あの場所で、今回の殺人について調べている間は、あなたは、外へ出ない方がいいですよ」

と、西本は、いった。

「ええ。わかっています」

「ひょっとすると、あの男は、あなたを見張っていたのかも知れません」

「私を？　何のために？」

「僕も、それを知りたいと思っているんですがね」

西本は、部屋の電話で、東京の十津川に連絡をとった。

「今、指宿にいるんですが、また一人、殺されました」

「誰が、殺されたんだ？」

「浅井豊、三十五歳。東京都豊島区で、私立探偵をやっている男です」

「何だか、妙なものが、現われたな」

「それで、浅井豊という私立探偵のことを、調べて欲しいんです。何のために、鹿児島へやって来たのか、それが、一番、知りたいと、思っています」

「すぐ、調べてみよう」

と、十津川は、いった。

5

十津川は、三田村と、北条早苗の二人を、調べにやった。

「また、殺人事件ですか？」

と、亀井が、きく。

「指宿で、今朝早く、私立探偵の死体が、見つかったといっている。昨日、鹿児島のラーメン店で、いきなり、西本刑事に、話しかけて来たそうだ」

「西本を刑事と知っていて、声をかけて来たんですか？」

「そうだといっている。木下ゆかりは、悪い女だから、本庁の刑事が、つき合うなと、忠告されたと、いっていた」

「妙な私立探偵ですね。刑事に、忠告ですか」

亀井が、苦笑した。

「その忠告が、ホンモノかも知れないんだ」

「どうしてですか？　木下ゆかりは、西本刑事の見合いの相手でしょう？」

「ところが、見合い話は、でたらめだったらしいんだ」

「じゃあ、何だったんですか？」

「西本の話では、彼に助けを借りたくて、嘘をついたらしい」

「何で、力を借りたいんですか？」

「彼女の話では、尾行されたり、車ではねられそうになったといっている。西本は、そう電話してきたんだ」

「相手は、ストーカーですか？」

「かも知れないが、はっきりしない。犯人を逮捕すれば、はっきりすることだと、私は、思っているがね」

「それで、西本は、今、その女と一緒にいるんですか？」

「指宿の同じホテルに泊っていると、西本刑事は、いっていた」

「彼は、ゆかりという女に惚れたんですか？　同じホテルに泊っているところを見ると、そんな気がしますがね」

「私は、彼に、鹿児島県警に、協力するように、いっておいた」

「警部は、西本刑事が、女に惚れてはいないとお考えですか？」

と、亀井が、きく。

十津川は、ちょっと考えてから、

「多分、カメさんの推理は、当っていると思うよ。私も、彼が、木下ゆかりという女に、惚れていると、睨んでいる」

「木下ゆかりという女は、どういう女なんですか？　優しくて、まじめな女なんですか？　それとも、悪女で、西本刑事を、欺すような女ですか？」

「まだ、何ともいえないんだ。何しろ、指宿の女だからね」

会話の途中で、三田村と、早苗の二人が、帰ってきた。

「浅井豊ですが、ひとりで、私立探偵の看板をあげていました。若い女事務員が、いるだけです」

と、三田村が、報告した。

「一匹狼か」

「女事務員に、浅井豊について、聞いて来ました」

と、早苗は、いった。

「浅井は、仕事がなくて、困っていたようです。ここ二ヵ月、彼女は、給料を貰っていなかったそうです。それが、二月に入って、急に、その給料を払ってくれたといっています」

「仕事が出来たのかな？　調査依頼がさ」

と、十津川が、きく。

「女事務員は、そうだといっていました」

「どんな依頼主なんだ？」

「依頼主は、自分で、事務所に現われたのではなくて、電話で、依頼したみたいです。依頼主は、金持ちらしく、すぐ、二百万円を、浅井の口座に振り込んできた。おかげで、遅配していた二ヵ月分の給料を貰えたと、女事務員は、喜んでいました」

と、三田村が、いった。

「二百万円も、前金で払ったのか？」

「そうらしいです」

「どんな調査を、依頼したのかな？」

「浅井は、すぐ、そのあと、南九州へ行ったんだと思います。ですから、南九州で、何かするつもりだったと思いますね。それがつまり、依頼事項だったんでしょう」

と、三田村は、いった。

十津川は、西本の電話を思い出していた。彼の話によると、浅井は、いきなり、西本に話しかけて、木下ゆかりを信用するなと、注意したという。

それも、依頼されたことなのだろうか？

ところが、その私立探偵が、指宿の海岸で、殺されてしまった。

（誰が殺したのか？）

十津川は、西本に電話をかけ、浅井豊について、わかっていることを、伝えた。

「二百万ですか」

電話の向うで、西本が、その数字に、驚いているようだった。

「しかも、手付としてだよ。成功した場合には、他に、何百万か、依頼主は、払うつもりだったと、思うね」

と、十津川は、いった。

「単なる調査依頼とは、思えませんね」

「もちろんだ」

「何か、うさん臭い匂いがしますね」

「二百万という数字だけでも、うさん臭いさ。君のいうように、単なる調査依頼なんかじゃないよ」

「どんなことが、考えられますか？」

と、西本が、きいた。

「百万貰えば、人殺しだって、やるという男がいた」

と、十津川は、いった。

「殺人依頼でしょうか？」

「何しろ、女事務員は二ヵ月給料を貰ってなかったといってるんだ。浅井が、金に困っていたことは、間違いない。そんな男の眼の前に、二百万という大きなニンジンを、ぶら下げた。どんなことでもやる気になったとしても、おかしくはない。それに、浅井という男のことを、私立探偵仲間に聞くと、インテリヤクザだという声が多いんだ」

「桜島行フェリーの中で、田中代議士の個人秘書、長谷川浩が殺されましたが、ひょっとすると、浅井の仕業かも知れません」

「断定は、危険だが、可能性はある」

と、十津川は、いった。

「そんな浅井が、指宿の海岸で、殺されてしまいました。どういうことなんでしょうか？」

西本が、いう。

「東京にいる私に、わかる筈がない。君には何か、思い当ることはないのか？」

十津川が、逆に、聞き返した。

「一つだけ、心当りがあるとすると、私の泊っていたホテルの傍の海岸だったということなんですが」

「木下ゆかりも、そのホテルに、泊っていたんだろう？」

「そうです」

「刑事の君を、マークしていたとは思えないから、浅井が、マークしていたのは、木下ゆかりの方だろう」

「しかしですね――」

「なんだ？」

「木下ゆかりは、小さな旅館の娘でしかありません。その旅館も、他人手に渡りそうなんです。誰にとっても、危険な存在とは思えません。それなのに、尾行されたり、車で、はねられそうになったり、今度は、東京の私立探偵に、マークされたというのは、理解に、苦しむんです」

「美人で、優しい娘さんか？」

「そういうこととは、関係ありませんが——」

「君は、彼女のことを、どれだけ知っているんだ？　彼女の本当の姿は、わかっていないんだろう？」

と、十津川は、いった。

「しかし、彼女が——」

「いっておくが、君は、刑事だ。刑事の眼で、全てを見てみろ」

十津川は、忠告するように、いった。

第三章　事件の核心

1

十津川警部は、「刑事の眼で見ろ！」と、いった。

西本は、今、その言葉を、ひとりで、嚙みしめていた。

嚙みしめながら、今まで、自分の周辺で起きた事件を、ふり返ってみた。

最初は、大学の先輩で、世話になった小池からの突然の連絡だった。

小池の知り合いの女性、木下ゆかりとの見合い話だった。

だが、彼女は、見合いの直後、「ごめんなさい。全部、嘘です」と、メモを残して、姿を消した。

小池も、姿を消した。

そして、殺人事件が、発生した。この一連の事件が、バラバラに、何の関係もなく起きたとは、思えない。

西本にとって、今回の事件は、小池が、すすめた、木下ゆかりとの見合い話から始まっているのだが、それは、あくまで、西本の立場になっての事件の見方である。

事件そのものは、もっと、前から、始まっていたと、見るべきだろう。

桜島行のフェリーの中で殺された長谷川浩のことがある。

代議士秘書の長谷川は、西本が見合いする前から、木下ゆかりと、知り合いだった節がある。

長谷川は、前から、ゆかりに、つきまとっていたらしい。

（長谷川は、ストーカーだったのではないか？）

木下ゆかりをつけ廻すストーカーだ。

ゆかりは、警察に相談したが、今の日本では、ストーカーを取締る法律がないから、何か実害が出ていなければ、警察は動けない。

ゆかりは、知り合いの小池に相談した。

小池は、大学の後輩に、現職の刑事がいたことを思い出した。西本のことである。

そして、見合い話を企画する。見合いの場所は、宮崎のシーガイア。

木下ゆかりが、シーガイアに行けば、ストーカーの長谷川も、シーガイアに現われると、計算したのではないか。

そこで、ゆかりは、現職の刑事、西本と、見合いをする。それを、小池は、ストーカーの長谷川に、見せるつもりだったのではないか。ゆかりが、現職の刑事と、つき合うようになったとわかれば、これまでのように、ストーカー行為は、出来なくなる。小池は、そう計算したのではないか。

肯ける推理だが、西本は、この推理に、確信が、持てなかった。

ゆかりは、見合いの直後に、「全部、嘘です」と、メモを残して、姿を消している。その上、ストーカーの長谷川が、殺されてしまった。ストーカーの長谷川が、木下ゆかりを殺したというのなら、納得できるが、それでは、逆ではないか。

さらに、そのあと、小島という男が、殺されたが、その男は、西本に向って、「ゆかりは、小池と二人で、田中代議士を、セクハラでゆすっていた」といったのである。殺されたあと、小島は、本名、浅井豊という私立探偵と、わかった。

彼がいった、「ゆかりが、小池と共謀して、田中代議士をゆすっていた」という言葉も、どうも、信用しにくいのだ。

なぜなら、ゆすりをやっていた小池と、ゆかりが、わざわざ、本庁の刑事の西本を、シーガイアに、呼び寄せるのは、不自然だからだ。

また、ゆかりは、長谷川が、刺殺されたあと、「去年の暮れから、命を狙われている」と、西本に、いった。が、その言葉も、簡単に、信じるわけにはいかないのである。どうも、今回の事件には、裏があって、自分は、その中に、引きずり込まれてしまったような気が、西本は、しているからである。

見合い話からして、嘘だったと、思っている。

小池と、ゆかりが、共謀して、田中代議士を、セクハラでゆすっているという話も、眉唾だと思う。

ゆかりは、再び、西本の前から、姿を消してしまった。

全て、嘘くさいのだ。

そして、二人の人間が、殺された。このことだけは、まぎれもない事実である。

西本は、手帳を取り出した。今回、自分に近づいてきた人間の名前を、書きつけて、いった。

木下ゆかり
小池敏郎
長谷川浩（田中代議士の個人秘書）死亡
田中信行代議士
浅井豊（小島という偽名を使用）死亡

この中で、田中代議士とは、会っていないが、今回の事件に、この政治家が、絡んでいることは、間違いないだろうと、西本は、思っている。これこそ、刑事としての勘だった。

ただ、どう絡んでいるのか、全く、見当がつかない。

田中信行という政治家について、十津川から、FAXで、知らされていた。

〈鹿児島県出身の衆議院議員。

S大法科卒。

極右的な言動で、しばしば、物議をかもしていた。保守党では、細見派に属して、大臣候補に推されたことがあるが、その言動で、大臣の椅子を棒に振ったこともある。

一方、親分肌で、彼に私淑している人間も多い。

一時、郷土鹿児島で、「日本精神の復活」を唱えて青年塾を開いていたが、細見貢太郎の忠告を受け入れて、解散した。個人秘書の長谷川浩は、その青年塾の出身である〉

西本自身も、テレビで、一度、田中信行を見ている。

その時は、政治討論会での発言で、ひどく、勇ましいことをいう政治家がいるなと思ったのを覚えている。太平洋戦争を、今でも大東亜戦争と呼び、あの戦争は正しかった、憲法は改正し、第九条は、廃止しろといったような事を口にしていたのである。

あれが、この田中代議士だったのかと、今にして思う。

こうした田中信行の言動が、今回の事件に関係があるのだろうか？

2

西本は、田中代議士のことを、もっと知りたくて、鹿児島の地方新聞社を、訪ねることにした。

そこで、政治面を担当している小坂井という記者に会った。

「田中代議士のことなら、よく知っていますよ。何といっても、鹿児島選出の政治家ですからね」

と、小坂井は、いった。

「その言動が、物議をかもしていますね」

西本が、いうと、小坂井は、笑って、

「それが、田中信行の、売り物でもあるんです。はっきり、いうので、人気があるんです」

「青年塾をやっていたことがありますね？」

「田中は、西郷隆盛を尊敬しているんです。よく、彼のように生き、彼のように死ねたらいいと、いっています。西郷は、私塾を作って、有為な青年を、養成していたから、田中も、それに倣って、青年塾を開いていたんだと思います」

「今は、やっていませんね」

「塾生が、問題を起こして、それで、閉鎖されてしまったんです」

「どんな問題ですか？」

　と、西本は、きいた。

「青年塾でも、田中は、過激な主張を、若い塾生に、叩き込んでいたわけですよ。若者の中には、それを、うのみにする者がいました。確か三年前でしたかね。塾生二人が、平和運動家として知られる評論家と、その奥さんが、鹿児島に講演に来たとき、宿泊しているホテルに押しかけて、殴りかかり、夫婦に、全治一ヵ月の重傷を負わせてしまったんです。それで、田中信行が、自主的に、青年塾を、閉めたんですよ」

「それは、意に反して、青年塾を閉じたということですか？」

「まあ、そうですね。田中の属している派閥のリーダーである細見に、注意されて、自主的という形で、青年塾を、閉じたんですが、その直後に、インタビューしたら、盛んに、口惜しがっていましたからね」

「その青年塾ですが、賛同した人も、いたんでしょうね？」

　と、西本は、きいてみた。

「そりゃあ、鹿児島という風土のせいもあって、県下の会社や、ホテル、旅館などのオーナーが、献金をしていたようで、それで、田中の青年塾は、運営されていたんです」

　と、小坂井は、いう。

「田中代議士は、西郷隆盛を尊敬していたということですが、どの程度の尊敬の仕方だったんですか？」

「今もいったように、西郷のように生き、西郷のように死にたいと、いうくらいですよ」

「西郷は、征韓論に敗れて、挙兵して、時の政府と戦ったわけですよね。田中代議士は、まさか、そんなことまで、考えているわけじゃないでしょうね？」

「まさかねえ。ただ、平和ボケしている日本国民に、ドカンと、ショックを与えてやりたいと、いっているのを聞いたことがありますよ」

「ドカンと、ショックですか？　具体的に、何をやろうと思っているんですかねえ？」

と、西本は、きいた。

「さあ、何ですかね？　言葉だけかも知れないし、何か、どえらいことを、やってやろうと思っているのかも、わかりませんよ」

「どえらいことですか？」

「以前は、派手な言動で、売っていた田中代議士が、最近は、大人しくなっていますからね。本当に、大人しくなってしまったのか、それとも、何か考えているのか、新聞記者の私にも、見当がつかないんです」

「西郷隆盛のように、挙兵するわけにもいかないでしょうしね？　兵隊がいないんだから」

「青年塾にいた若者がいますが、田中のいう通りに動くかどうかわからないし、第一、武器がありませんよ」

と、小坂井は、いった。

「青年塾にいた人間で、今、鹿児島市内にいる人を知りませんかね？　会ってみたいんですが」

西本が、いうと、小坂井は、考え込んでいたが、

「市内で、タクシーの運転手をしているのを、一人、知っていますよ。南国タクシーで、働いている、尾花という三十代の男です」

と、教えてくれた。

西本は、ＪＲ西鹿児島駅近くにある南国タクシーの営業所に行き、尾花という運転手のことを聞いてみた。

営業所長は、勤務日誌を調べて、

「あと、三十分したら、帰ってくる筈(はず)です。尾花は、それで、勤務は終りです」

と、教えてくれた。

待っていると、尾花が、戻ってきた。小柄な三十代の男だったが、眼は、鋭い感じだった。

彼が、営業報告をすませるのを待って、西本は、近くの喫茶店に、誘い出した。

コーヒーを、注文しておいて、西本は、まず、相手に、警察手帳を示した。

「今、こちらで、殺人事件の捜査に当っています。鹿児島県警に、協力する形でね。桜島行のフェリーの中で、長谷川浩という男が、殺された事件です」

「それが、僕と、何か関係があるんですか？」

尾花は、まっすぐ、西本を見つめて、きく。気の強そうな眼だった。

「その長谷川さんのことを、調べていたら、田中信行代議士の作った青年塾にいたことがあると、わかりました。尾花さんも、確か、その青年塾にいらっしゃったんでしたね？」

西本が、きく。

尾花は、眉（まゆ）を寄せて、

「三年も前の話ですよ」

「青年塾では、どんなことを、教えていたんですか？」

「一言でいえば、日本精神とは何かを、教えられました」

「日本精神ですか」

「今の日本人が、忘れてしまった心です」

「田中代議士も、塾に来ることがあったんですか？」

「ええ。熱心にね」

「田中さんは、何を教えていたんですか？」

「今いった日本精神とは何かです」

「具体的には、それは、何だと、田中さんは、いっていたんですか?」

「西郷隆盛の生き方だと、いわれましたよ」

「西郷隆盛は、どう、日本精神と、関係があるんですか?」

「まず、国のことを考え、私利私欲は捨てる。国を毒する政治家を追い払うために、敗れるのを覚悟で、挙兵した。それこそ、日本精神だと、教えられました」

「今でも、その教えは、正しいと、思っていますか?」

「正しいと思っていますよ」

と、尾花は、肩をそびやかした。

「長谷川さんも、同じ気持だったと、思いますか?」

と、西本は、きいた。

「さあ、彼のことはわかりません。とにかく、三年間、会っていませんでしたから」

(本当だろうか?)

西本は、首をかしげた。今回の事件に、ぶつかってから、西本は、人の言葉を、信用しにくくなっていた。

「田中代議士とは、最近、会いましたか?」

と、西本は、きいた。

「長谷川さんが亡くなったとき、来られましたが、その時、偶然、僕のタクシーに乗られましてね。ちょっと、話をしました」

「どんな話ですか？」

「どんなって、青年塾のことですよ。あの頃が懐かしいとかね。降りしなには、こんなことを、いわれましたよ。私は、今の日本を、こんな、だらしのない国にしてしまった責任を感じているんだと。その言葉が、印象に残っていますね」

と、尾花は、いった。

「責任ですか」

「ええ。本当に、そう、思っておられるようでした」

「その言葉を聞いて、あなたは、どう思いましたか？」

と、西本は、きいた。

「立派だと思いましたよ。今の政治家は、何をやっても、責任をとろうとしませんからね」

「青年塾には、当時、何人くらいの若者が、いたんですか？」

と、西本は、きいた。

「そうですね。少数精鋭だったから、十五、六人じゃなかったですかね」

「女性もいたんですか？」

「二、三人いましたよ。最初は、男性だけということだったんですが、新しい青年塾は、女性も参加させるべきだということで、入塾を認めたんです」

「その女性の中に、木下ゆかりという女性は、いませんでしたか？」

「木下ゆかりは、覚えていませんね。女性は、すぐ、やめてしまう人が、多かったから」

と、尾花は、いう。

西本は、青年塾があった場所を聞き、そこに、行ってみることにした。

3

鹿児島市の郊外、海岸沿いの別荘風の建物だった。

気がつくと、ゆかりと会った児玉美術館の、近くだった。

今は、中年の管理人が、住んでいるだけだった。

「ここに、田中信行さんが、やっていた青年塾があったそうですね？」

と、西本は、寺田という管理人夫婦に、きいた。

「そうですよ。その時から、私どもが、ここの管理人をやっていたんです」

寺田は、自慢げに、いった。

「ここは、もともと、何の建物だったんですか？」

「あるご夫婦の別荘だったんですよ。その方が、田中先生の志に賛同されて、この別荘を、提供なさったんです」

「その人は、今、何処に、住んでいるんですか?」

「さあ、わかりません」

「どうしてですか?」

「指宿で、旅館をやっていらっしゃったんですが、その旅館が、倒産して、今、行方不明になってしまっているんですよ。それで——」

「ちょっと、待って下さい」

と、西本は、あわてて、相手の言葉を、さえぎった。

「その人の名前は、木下と、いうんじゃありませんか?」

「そうです。刑事さんの、お知り合いですか?」

「そうじゃありませんが、ここが、木下さんの別荘だったんですか?」

「ええ。木下さんという人には、二、三回しか会っていませんが、西郷隆盛の熱烈な崇拝者で、その点で、田中先生と気が合い、青年塾として、この別荘を、提供されたんじゃないでしょうか」

と、寺田は、いい、青年塾が、盛んだった頃の写真を、何枚か、見せてくれた。

その中に、田中代議士と、木下夫婦が、一緒に、この建物の前で、写っている写真も、あった。

四年前の写真である。

木下修（当時四十歳）と、妻の木下綾子（当時三十八歳）と、ある。母親の方は、ゆかりに、よく似ていた。
十五、六人の若者たちが、田中を中心に、ずらりと、並んでいる写真もあった。よく見ると、二人の女性が、混っていた。どの顔も、真摯（しんし）だった。笑っていない。
「中を見せて貰（もら）えますか」

西本がいうと、寺田は、

「構いませんが、何もありませんよ」

「それでも構いません」

二階建ての建物である。一階には、食堂として使われていたという部屋、五、六人が入れる浴室、教室として使われていた部屋には、黒板が、残っていた。

それには、誰が書いたかわからないが、チョークで、次の言葉があった。

〈国民は、惰眠をむさぼり、
政治家は、私欲に走る。
如何（いか）にして、この祖国の危機を救わんとするか〉

「この青年塾が、閉鎖されたのは、三年前でしたね？」

　と、西本は、管理人に、きいた。

「そうです」

「この黒板の字は、まだ、新しいですよ」

「時々、ここで学んだ人たちが、やって来て、その度に、黒板の字を、書き直していくんです。だから、新しいんじゃありませんか」

　と、寺田は、いう。

「十五、六人の塾生が、全員で、遊びに来るわけじゃないでしょう？」

「ええ。もう結婚して、落ち着いた人もいますからね。来る人の顔ぶれは、だいたい、決まっています。三、四人ですかね」

「その中に、長谷川さんも、いましたか？　田中代議士の、個人秘書の」

「ええ。あの人が、一番、よく来てたんじゃないですかね。桜島行のフェリーの中で、殺されたと聞いて、びっくりしているんですよ」

　と、寺田は、いった。

「その長谷川さんですが、木下ゆかりさんと、つき合っていたのは、知りませんか？　この別荘を提供した木下夫婦の娘さんですが」

　と、西本は、きいた。

寺田も、妻の方も、びっくりした顔になって、

「本当ですか。木下さんの娘さんのことは、知っていますが、二、三回しか見ていないし、ここの塾生でもありませんでしたからね。印象が、うすいんですよ」

と、寺田は、いった。

「長谷川さんのことは、よく、覚えていますか？」

「ええ」

「どんな人でしたか？」

「田中先生のことを、本当に、尊敬していましたね。そのせいで、先生の腰巾着だとか、威張っているとか、陰口も叩かれていましたが、若い人だから、仕方がありませんよね。ただ、田中先生のためなら、死んでもいいといっていたのは、本気だったと思いますよ」

と、寺田は、答えた。

「塾生の名簿は、ありませんか？」

「この塾が廃止されたとき、関係書類は、全部、焼却しました。この写真が、残っているだけです」

「じゃあ、塾生が、今、何処で、何をしているかも、わかりませんね？」

「わかりません。自分から、元、塾生だったと、話している人は、別ですがね」

「この写真を、貸して貰えませんか？」

と、西本が、いうと、寺田は、

「それは、困ります。ここに写っている人の許可がないと」

と、いう。

「田中代議士は、今でも、ここに、時々、見えますか?」

「長谷川さんが亡くなった時、遺骨を引き取りに見えて、その時、ここに、寄られましたよ」

「その時の田中さんの様子は、どうでした?」

「来られて、ひとりにしておいてくれと、いわれて、しばらく、二階におられましたよ」

「二階は、何に使われていたんですか?」

「塾生の寝泊りに、使われていました。田中先生も、一緒に、泊られたことが何度かありましたよ」

と、寺田は、いった。

西本は、二階に、あがってみた。がらんとした部屋が、並んでいる。押入れを開けると、まだ、布団が、入っていたし、何が入っているのかわからないが、段ボールが、いくつか、転がっていた。

(兵どもの夢のあとか――)

と、西本は、呟いた。

窓を開けると、眼の前に、錦江湾が、広がっていた。

ここで学んだ塾生たちは、毎日、この海を見つめていたに違いない。

問題は、この海を見ながら、彼等が、何を思い、何を、教えられたかということである。

更にいえば、そのことが、今回の事件に、関係があるかどうかということなのだ。

今や、西本の頭の中から、ストーカーとか、見合いという言葉は、完全に、消えてしまっていた。

この二つは、どう考えても、今回の事件とは関係がない。

西本は、わかったことを、手帳に、書き留めていった。

木下ゆかりの両親は、田中信行の考えに賛同して、自分たちの別荘を、青年塾に提供した。

ゆかりも、二、三回、青年塾を訪ねたことがあり、長谷川浩とは、その頃から、顔見知りだったのだろう。

小池も、一時、田中の主義主張に、賛同して、献金をしていたということが、考えられる。

ゆかりも、田中の選挙運動を、アルバイトだが、手伝ったことがある。もし、田中が、嫌いだったら、いくらアルバイトでも、選挙運動を、手伝わないだろう。

この三つが、過去にあった。

そして、今、突然、小池が、西本に、木下ゆかりとの見合いをすすめた。次に、ゆかりが、「全部、嘘です」といって、姿を消し、長谷川が殺され、小池と、ゆかりの悪口をいっていた私立探偵が、殺された。

この謎を解かなければ、今回の事件は、究明できないだろう。県警は、小池と、ゆかりが、長谷川浩殺しの容疑者だと、考えている。

この、こんがらがった糸を解きほぐすにはどうしたらいいのだろうか？

（小池と、ゆかりに、もう一度、会いたい）

と、西本は、思った。

会って、本当のことを聞きたかった。嘘の見合い話ではなく、西本を、南九州に呼び寄せた本当の意味をである。

西本は、指宿を、もう一度、訪ねてみることにした。

彼は、管理人に頼んで、塾生の写真を、コピーした。最初は、拒否されたが、西本は、警察手帳をちらつかせて、半ば強引に、コピーして貰ったのだ。

それを、ポケットに入れ、西本は、指宿枕崎線に乗った。

指宿に着くと、西本は、倒産した木下ゆかりの両親が、やっていた旅館を、見に行った。海岸沿いに建てられた旅館だった。それが、今、取りこわし作業が、行われていた。

西本は、隣りに建つ旅館に、チェック・インして、仲居や、女将（おかみ）に、倒産した旅館のことを聞いた。

「いい旅館でしたよ。社長の木下さんも、女将さんも、熱心で、あんな風に、突然、倒産するとは、思っていませんでしたけどねえ」

と、女将は、声を落した。

「木下夫婦は、今、何処で、何をしているか、わかりませんか?」

と、西本は、きいてみた。

「それが、全く、わからないんですよ。それでも、従業員には、きちんと、退職金を払ったというから、立派だと思いますけどねえ」

と、女将は、いってから、

「いろいろと、変な噂もあったんですよ」

「どんな噂ですか?」

「倒産が、あまりにも、突然だったので、計画倒産じゃないのかとか、サギに引っかかったんじゃないかとかですけどね」

「どう思いました?」

「あのご夫婦は、計画倒産なんかする人じゃありません。人が良いから、サギに、引っかかったということの方が、考えられましたけど」

「今、隣りは、取りこわしていますね」

「駐車場にするという話を聞いていますわ」

「M不動産という名前が出ていましたが、そこが、買ったんですか？」

「競売で、手に入れたと、聞いています」

と、女将は、いった。

「木下夫婦には、ゆかりという娘さんが、いましたね」

「ええ。誰か、知り合いの所にいると聞いていますけど」

と、女将は、いった。それが、小池ということなのだろうか。

翌日、西本は、指宿駅の近くにあるM不動産を、訪ねた。

警察手帳を見せて、後藤という社長に、話を聞かせてくれというと、

「あれは、正式な手続きをへて、手に入れたものですよ」

と、渋い顔になった。それで、西本が、来たと、思ったらしい。

「それは、よく、わかっています」

と、西本は、相手を安心させてから、

「私が、知りたいのは、前の持主の木下夫婦のことなんですよ。同業者に聞いても、なぜ、突然、倒産してしまったのか、わからないという。サギに引っかかったんじゃないかという人もいます。もし、本当の理由を、ご存知なら教えて頂きたいと思いましてね」

「そんなことは、うちも、知りませんよ」

後藤は、そっけなく、いった。が、西本が、粘ると、それに、負けたという感じで、

「これは、あくまでも、私が、あるスジから聞いた話で、本当かどうかは、わからないんですがね。昔から、いうでしょう。政治に関係すると、いくら、金があっても足りないと」

「木下さんが、政界進出を、志した、ということですか?」

西本が、きくと、後藤は、小さく手を振って、

「そうじゃありませんよ。政治家に、入れあげたんです。タニマチになったんです」

「田中信行代議士のですか?」

「なんだ、ご存知じゃありませんか。刑事さんも、人が悪いな」

「田中代議士を援助していたことは、知っているんです。しかし、旅館を潰すほど、援助していたというのは、知りませんでしたからね。本当なんですか?」

「本当かどうかは、わからないといってるでしょう」

「だが、そんな噂がある?」

「そうですよ。木下さんが、田中代議士の考えに賛同して、全財産を、はたいてしまったという噂でね」

と、後藤は、いった。

「田中代議士の考えって、何ですかね?」

「それは、私にも、わかりませんよ。何か、どでかいことを、考えているんじゃありませんか。政治家なんて、よく、大風呂敷（おおぶろしき）を広げるから」

と、後藤は、笑った。

西本は、彼にも、木下夫婦の行方を知らないかときいてみたが、知らないという、そっけない返事しか、聞けなかった。

木下夫婦が、田中代議士の考えに賛同していたのは、わかる。自分の別荘を、提供しているからだ。

しかし、全財産を、はたいてしまったというのは、信じられなかった。娘のゆかりがいるし、旅館には、従業員だっているのである。

田中代議士に、自分の旅館を倒産させるほど、入れあげたとは、思えないのだ。同業者に聞いても、節度は、きちんと守る人間に思える。

だが、結果的に、彼の旅館は、倒産し、夫婦は、行方不明になってしまった。

そして、娘のゆかりに、田中代議士の個人秘書の長谷川が、つきまとっていた。

それを、どう解釈したらいいのだろうか？

西本は、旅館に戻ると、東京の十津川警部に、電話をかけた。

西本は、自分が、考えたことを、まず説明してから、

「事件の中心には、田中代議士がいるような気がするのです。それに、彼が、日本精神の

復興を唱えて作った青年塾が、あった。三年前に、閉鎖されたんですが、今でも、その精神が生きているのではないかと、思うのです」

「君の見合い話は、どういうことになるんだ？」

と、十津川が、きく。

「あれは、何かを隠すために、仕組まれた芝居のような気がしています。木下ゆかり自身が、私に向って、全て、嘘ですと、いっているのですから」

「それで、君は、何が、知りたいんだ？」

「田中代議士が、今、何を考えているか、何を企んでいるか知りたいと思っています」

と、西本は、いった。

「田中代議士か。難しいが、調べてみよう」

と、十津川は、いった。

4

十津川は、電話を切ると、亀井を呼んだ。

「田中代議士の周辺を、調べなければならないことになった」

「西本刑事の関係ですか」

「そうだ。南九州にいる西本刑事のまわりで二件の殺人事件が起きているんだが、彼は、それに、田中代議士が、関係しているのではないかと、考えている」

「田中代議士の選挙区は、鹿児島でしたね」

「そうだよ」

「政治家の最大の関心事は、選挙ですが」

「彼の任期は、あと、三年ある。だから、次の選挙のことで、あたふたしているとは、思えないね。もし、彼が、何か動いているとすれば、別の理由だ」

「まず、何から、調べてみますか？」

　と、亀井が、きいた。

「第一に、南九州で起きた二つの殺人事件の時の、田中のアリバイだ。それを、まず、知りたいね」

　と、十津川は、いった。

「その次には、何を調べますか？」

「西本刑事が、一番知りたがっていることだよ。田中代議士が、今、何を考えているかということだ」

「それは、かなり、難しいです。政治家が、話すことは、信用できませんから。表と裏が、違います」

「わかっているが、何とか、彼の本音を知りたい」

と、十津川は、いった。

そのために、日下、三田村、そして北条早苗の三人の刑事を、亀井に、協力させた。

この捜査は、秘密裏に、行われた。

なぜなら、鹿児島で起きた二つの殺人事件は、あくまでも、向うの県警の所管であり、たまたま、警視庁捜査一課の西本刑事が、非番で、九州へ行き、事件に巻き込まれたに過ぎなかったからである。

第一、鹿児島県警から、田中代議士のことを、調べてくれという依頼は、来ていないのだ。

もう一つ、相手が、政治家だということにも、十津川は、考慮せざるを得なかった。もちろん、田中が、殺人事件の容疑者なら、遠慮することはないのだが、今は、その疑いはない。

亀井たちは、直ちに、行動に移った。

鹿児島で起きた二つの殺人事件の時の田中信行のアリバイ調査は、比較的、楽だった。政治家としての田中は、毎日の行動を、衆議院事務局に、報告していたからである。田中自身が、報告するわけではなく、秘書が、報告するのだが。

それによれば、長谷川浩が、桜島行のフェリーの上で刺殺された日は、田中信行は、はるか、離れた青森県八戸市で、地方自治の討論会に出席していた。討論会は、午後一時から、五時まで行われ、夕食のあとも、懇親会に出席している。

　私立探偵の浅井豊が、指宿で、殺された日は、田中信行は、国会審議に出席していた。議員会館では、二人の秘書と一緒だった。

「二つの殺人事件について、田中代議士のアリバイは、完璧です」

　と、亀井は、十津川に、報告した。

　十津川は、肯いて、

「そんなことだろうと思ったよ。田中信行が、事件に関係していたとしても、自分で、手を下す筈がないからな」

「田中代議士が、今、何を考えているかについては、最近、彼が、書いたものと、喋ったものを、集めて、分析しています」

　と、亀井は、いった。

「なるべく、広い範囲で、集めてくれ。どんな時に、本音が、出ているかわからないからな」

　と、十津川は、いった。

　国会図書館で、最近、田中信行が、書いたものを、拾い出し、放送局を歩き廻っては、田中が、テレビ、ラジオで、発言したものを探して歩いた。

　この作業には、二日間を、要した。

その結果、十津川の手元に、週刊誌、月刊誌のコピーの束と、ビデオが、集まった。

ここ二年間に、田中信行が、発言したか、文章にしたものの集積である。

十津川は、ひとりで、それを、見ていった。

十津川は、その疲れる作業のあと、田中が、最近、好んで、口にしていた言葉を、見つけ出した。

それは、次の言葉だった。


〈地方から、中央を改革する〉


と、いう言葉である。ここでいう地方とは、田中の出身地の鹿児島のことだろう。

なぜ、田中が、急に、そんなことを、いい始めたのか、その理由も、十津川は、彼の発言の中から、見つけ出した。

もちろん、田中は、中央政界に進出し、末は、首相になることを、志して、代議士になっている。政治家の誰もが、最終目的とするのは、それだろう。

そのために、田中は、保守党の中でも、最大派閥に身を寄せたに違いない。

だが、田中は、その派閥の中で、主導権を取ることに失敗し、それだけでなく、派閥の中で、冷遇され始めていた。これは、政治記者が書いているのだから、間違いないだろう。

そこで、田中は、目的を、変更したのだ。

狙いを、鹿児島県知事に、変えたのである。

そして、「地方から、中央を改革する」と、いい始めたのである。

「狙いは、鹿児島県知事か」

と、十津川は、呟いた。

亀井が、それを聞いて、

「衆院の議員の一人でいるより、知事の方が、よほど、注目を、集めますからね。悪くない理由ですよ」

「しかしねえ。今の鹿児島県知事は、当選して、まだ、一年しかたっていないんだ。あと、三年の任期がある。田中が、いくら、鹿児島県知事になりたいと思っても、あと、三年は、無理だよ」

と、十津川は、いった。

「しかし、病気で、やめるケースも考えられるでしょう？　任期を残してです」

「ところが、今の平野知事は、五十三歳と若くて、元気だ。ここ一、二年のうちに、病気で倒れるとは、とても、思えないね。それに、平野知事は、党派に頼らず、草の根運動で、当選している。三年後に、選挙があっても、田中信行は、勝てないと、思うがね」

と、十津川は、いった。

「そのくらいのことは、田中信行にも、わかっているんじゃありませんか？」

「多分ね」

「それでも、田中は、『地方から、中央を改革する』と、叫んでいるわけですか」

「それが、何故なのか、知りたいな」

と、十津川は、いった。

「何か、知っているのかも知れませんよ」

亀井が、いった。

「何をだ？」

「今の知事が、間もなく辞めることをです」

「しかし、どうして？」

「例えば、家族しか知らない筈の、平野知事が、ガンだと知っているとかですが——」

「今の知事が、ガンか」

「たとえとして、いったまでで、ガンだという確率は、ほとんどないと思いますが」

と、亀井は、弱きに、いった。

「もし、田中信行が、今の知事が、近く辞めることを、知っているとすると——」

十津川は、考え込んでしまった。

病気でないとすると、残る可能性は、何だろう？

ふと、暗い想像が、十津川の頭をよぎった。殆ど同時に、亀井も、同じことを考えたらしい。

「ひょっとして――」

と、亀井が、いった。

「そうなんだ。平野知事の殺害計画だよ」

と、十津川が、いった。

「しかし、ちょっと、考えにくいですよ。いやしくも、国会議員ですからね。殺人を考えるというのは、いくら、何でも――」

亀井は、自分がいい出しておいて、自分で、その考えを、否定した。

「私だって、考えたくないよ」

十津川も、怒ったように、いってから、

「問題は、最近の田中代議士の言動だよ。衆院に出馬した頃は、天下国家を論じ、自分が、首相になったときの、日本の舵取りについて、若々しく、発言していた。その後も、その議論は、もっと、現実的になってきて、考え方には、異論があるものの、多くの人間を、納得させるところがあったんだ。ところが、ここ二、三年は、中央政界への絶望の言葉が、多くなっている」

「それは、派閥の中での、彼の地位の低下が、原因なんでしょうね」

「それが、第一だと思うよ。首相になる野心が、しぼんでしまったんだ。それで、『地方から、中央を改革する』という言葉を、好んで、口にするようになった。地方政治について勉強するようにもなったし、アメリカのように、州知事から、大統領になって行く道を、素晴しいと、讃えるようになった」

「首相公選論を、急に、口にするようになって、きていますね」

と、亀井が、いう。

「前は、確か、アメリカとは、国の事情が、違うので、首相公選論は、似合わないと主張していたのに、去年の四月に、首相公選論派の代議士グループに、仲間入りをしている。明らかに、知事→首相の線を、狙っているんだ」

「となると、まず、鹿児島県知事になっておく必要がありますね」

「それがなければ、話にならない。田中の野心はただの虚妄に終ってしまう。それも、田中は、焦っている感じがするんだよ。三年も待てないんじゃないかな。さらに、三年間で、今の平野知事が、実績をあげてしまったら、三年後、田中が、知事選に勝てる確率は、ゼロに近くなってしまう」

「チャンスは、今ということですか？」

「田中にしてみれば、なるべく早く、知事選があって、欲しいんだと思うね。それも、今の平野知事の急死で、突然、知事選があればいいと、思っている筈だ。そうなれば、当然、相手は、平野ではなくなる。相手が、知名度の低い人間なら、田中は、勝てる。何といっても、鹿児島出身の代議士で、長年の蓄積があるからね。田中としては、そういう形に持っていきたいと思っている筈だ」

「とすると、やはり、平野現知事の突然死ですか」

「病死が期待できなければ、事故死でもいいと、考えているかも知れない」

と、十津川は、いった。

「事故死に、見せかけた殺しも、考えられますか？」

亀井が、いう。

「田中信行自身が、そこまで考えているかどうかはわからないが、問題は、彼が作った鹿児島の青年塾だよ。今は、閉鎖されたというが、西本刑事の話では、当時の志を持った男が、何人かいるらしい。彼等は、西郷隆盛を尊敬しているという話だ」

「西郷というと、当時、彼のまわりにいた青年たちが、彼を担いで、九州で、反乱を起こしたんでしたね」

亀井が、いった。

「それが、問題なんだよ。田中を尊敬している若者たちの頭の中では、西郷隆盛と、田中信行が、ダブッて、見えているのかも知れないんだ。それに、『地方から、中央を改革する』という田中の言葉が、どう映っているかだよ」

「中央は腐敗している。鹿児島から攻め上るぐらいの気持になっているかも知れませんね」

「そのためには、まず、田中信行を、鹿児島県知事にする必要がある。何をしてでもと、彼等が考えたら、若さで、爆発する可能性があるな」

十津川は、自分の言葉を噛(か)みしめるように、いった。

西南の役では、西郷に私淑する若者たちは、東京に、攻め上って、時の中央政府を、改革しようと考えたのだと思う。

また、それが、可能だと思っていたのだろう。同じことを、田中の青年塾で学んだ若者たちも、考えているのではないか。殺された長谷川浩も、青年塾出身の青年だという。

十津川は、鹿児島にいる西本に、電話をかけて、そうした自分の推理を話した。

「私の考えでは、こうした、田中を担ぎ上げている若者たちによって、今回の事件が、起きているような気がするんだがね」

「しかし、警部。今のところ、長谷川浩も、浅井も、被害者の立場ですが」

と、西本は、いう。

「表面的には、そうだろうが、被害者が、加害者ということもあるからね」

と、十津川は、いった。

「その可能性もありますね」

「鹿児島にいる君の方が、肌で、わかると思うが、東京にいる私から見ると、長谷川や、浅井たちが、田中信行のために、何か、企んでいる感じがするんだよ。田中本人が、どこまで、この計画に、絡んでいるのか、わからないがね」

「企んでいるというのは、今の鹿児島県知事を殺し、知事急死による、知事選に、持っていくことですね」

「そうだ。その時点で田中は、衆院議員を辞め、鹿児島県知事選に出ることにするんだろうね。平野知事の死が、突然であればあるほど、田中には、有利になる」

と、十津川は、いった。

「大いにあり得ますね」

「ただ、証拠は、何もない。最近、田中自身の書いたもの、話した言葉で見れば、彼が、鹿児島県知事の椅子を狙っていることは、わかる。地方から中央を改革するという言葉に、端的に、それが出ているとも思っている。ただ、その先は、あくまでも、私の推理でしかないんだよ。そこが、いかにも弱い」

と、十津川は、いった。

「わかります」

「だから、それを証明するのは、そちらにいる君の任務だ」

「わかります」

「助けを、そちらに、行かせるわけにはいかないんだ。あくまでも、鹿児島県警の事件だからね」

「それも、よくわかっています」

と、西本は、いう。

5

西本は、電話が切れると、旅館の部屋に、大の字になり、天井を見すえた。

(平野知事殺害計画)

その文字が、天井に、浮んでくる。

県警に話したところで、多分、信用しないだろう。十津川が、いうように、証拠は、何一つないのだから。

殺された二人の中の一人、長谷川浩が、田中の個人秘書だということと、田中の最近の言動だけである。

もう一人の被害者、私立探偵の浅井豊も、十津川の推理が、正しければ、田中自身か、田中の事務所が、雇ったということになるだろう。

(とすると、長谷川浩と、浅井豊は、宮崎や、鹿児島で、何をしていたのだろうか?)

長谷川が、木下ゆかりのストーカーでなかったことは、これで、ますます、はっきりしてきたと思った。

浅井は、西本に近づいてきて、「木下ゆかりと、小池は、セクハラを理由に、田中代議士をゆすっている」と、告げた。西本は、小池と、木下ゆかりが、そんなことをしているとは、思っていない。

浅井が、田中に雇われていたとすれば、あの話は、西本を、欺すために、でたらめを、いったのだろう。

彼は、西本が、刑事だと、知っていた。本庁の刑事が、鹿児島で起きた殺人事件に、首を突っ込んできた。木下ゆかりとの見合いのために来たとは、思わなかったに違いない。

それで、西本の目的を知りたくて、近づいてきた。

しかし、あのゆかりの話は、どういうことなのだろう？

西本は、考える。木下ゆかりは、何かを恐れていた。それで、小池と相談し、本庁の刑事である西本に、見合い話を持ちかけて、宮崎に呼んだ。

誰かを、牽制するためではなかったのか？

その誰かの中に、田中代議士と、その個人秘書の長谷川浩がいたのではないのか？

彼等は、十津川のいう計画を持っていて、それが、小池や、木下ゆかりを怯えさせ、西本を呼び寄せることになったのではないだろうか？

小池は、田中の青年塾に、資金を提供していたと思われるし、木下ゆかりの両親も、青年塾のために、別荘を提供していた。いわば、彼等は、田中信行のシンパだったのだ。

その田中代議士が、野心を抱いた。「地方から、中央を改革する」という野心である。そのために、現職の平野知事の暗殺を、考えるようになった。

小池も、木下ゆかりの両親も、さすがに、この恐ろしい計画には、賛成できなかったのではないか。

田中代議士側にとって、計画を知り、それに反対する小池や、木下ゆかりの両親は、危険な存在になった。

木下ゆかりも、その間の事情を知っているということで、同じような危険な人間になってしまった。

だが、田中側も、簡単には、小池や、木下ゆかりたちを、消すことは、出来ない。殺人事件が起きれば、注目を浴びてしまうからだ。

一方、小池や、木下ゆかりの両親たちにしても、田中代議士を応援してきたのだ。そんな田中代議士を、証拠もなしに、告発することは、出来なかったのだろう。

ただ、いつ、自分たちが、口封じに、殺されるかも知れないという恐怖は、持っていたのではないか。

だが、警察に、告発できない。そのジレンマの中で、小池が考えたのが、本庁の現職刑事と、木下ゆかりとの見合い話だった。うまくいけば、現職刑事の西本の存在が、安全弁になる。そう考えたのだろう。

しかし、木下ゆかりは、西本を欺していることに、耐えきれなくなって、「全て、嘘です」と、告白して、姿を消した。そのあと、長谷川浩は、桜島行のフェリーの中で、刺殺され、田中に雇われたと思われる私立探偵の浅井まで、指宿で、殺されてしまった。

犯人が、誰なのか、西本には、見当もつかない。

（とにかく、木下ゆかりか、小池に、もう一度会って、話を聞かなければ）

西本は、それを結論にして、起き上った。

第四章　東京の殺人

1

三月三日。ひな祭りの夜。東京。

午後十一時二十分。一一〇番に、若い女の声で、電話が、入った。

いきなり、

「助けて下さい！」

と、叫んだ。

「もし、もし。お名前を、いって下さい。何があったんですか？」

と、聞いたが、女は、

「助けて下さい！」

と、繰り返して、そのまま、何もいわなくなってしまった。一一〇番は、かけた方が、たとえ切っても、電話は、つながったままに、なっている。

指令室から連絡を受け、パトカーが、この電話の主の所に、急行した。

場所は、渋谷区本町のマンションだった。

その605号室。

ドアに、鍵は、おりていない。二人の警官が、部屋の中に、飛び込んだ。

2DKの部屋である。

奥の六畳の洋室に、ベッドがあり、そのベッドの上に、ネグリジェ姿の若い女が、俯せに倒れ、枕元の電話は、受話器が、外れていた。

女は、首を絞められて、死んでいた。彼女は、犯人に襲われ、必死になって、一一〇番したのだろう。

殺人事件ということで、十津川が、事件の捜査に、当ることになった。

深夜、2DKの部屋に、刑事たちや、鑑識が、集まった。

女の名前は、三木かえで。二十五歳。売れない女優である。ただ、美人で、スタイルも良かった。最近、ヌードの写真集を出してもいる。

部屋を荒らされた様子は、なかった。

「動機は、怨恨かな」

十津川は、死体に眼をやりながら、いった。

死んでも、ネグリジェ姿が、なまめかしい。

「男関係が、原因じゃありませんか？」

と、亀井も、いった。

刑事たちは、部屋の中に、犯人の手掛りを求めて、探し回った。犯人は、被害者と、関係のある人間に間違いないと考え、それなら、手紙なり、写真なりがあるだろう。それを、見つけようとしたのである。

しかし、恋人からの手紙や、ツーショットの写真は、見つからなかった。

三田村刑事が、その代りに、三面鏡の引出しから、一冊の手帳を見つけ出した。それも、引出しの底に、テープで貼りつけてあったのである。

うすい手帳だったが、中身は、興味のそそられるものだった。

一人のストーカーに、怯え続けた記録だったからである。

その男の名前は、保としか書かれていなかった。

〈今朝も、ジョギングの途中で、保が、じっと、私を、見つめていた。その眼が怖い。眼で犯されるというのは、こういうことかも知れない。プロダクションの社長に、相談したが、女優は、人に見られるのが、仕事じゃないかと、一笑された。誰も、私の不安をわかってくれない〉

〈仕事から帰ると、郵便受に、また、手紙が入っていた。裏に、『保より』とだけ書いてある。その字を見たとたんに、身体が、ふるえてしまった。中に、どんなことが、書いてあるかわかっていたからだ。お前は、おれのものだ。おれの女だ。他の男と、つき合ったら殺してやる。そんな言葉が並んでいるに、決っている。だから、私は、焼いてしまう〉

〈今日、渋谷区本町のマンションに、引っ越した。住民票は、前の四谷三丁目のままにしておいた。区役所で、調べられたら、困るからだ。でも、どうして、私が、そんな、こそこそ、引っ越さなければならないの〉

〈見つかってしまった。今日、新しいマンションの郵便受に、あの男の手紙が、投げ込まれていた。

おれから、逃げようとしたって駄目だ。無駄なことはするな。今度、おれにかくれて逃げたりしたら、殺してやると、書いてあった。弁護士のTさんに相談するが、手紙は、ワープロだし、保としかサインしてないから、相手を特定するのは、難しいといわれてしまった〉

〈サッちゃんに、相談した。彼女も、ストーカーに狙われたことがあると、いっていたからだ。でも、サッちゃんは冷たい。あなたの被害なんか、たいしたことないと、いわれてしまった。サッちゃんは、夜、ひとりで歩いていたら、いきなり、背後から、鉄パイプみたいなもので、殴られたという。それで、入院してしまった。警察には、いつも、自分につきまとっている男のことを話したのだが、その男が、犯人だという証拠はないと、いわれてしまったというのだ。鉄パイプで殴られても、警察は、証拠がなければ、捕えてくれないとなると、いったい、どうしたらいいいんだろうか〉

〈今日は、ハガキが、入っていた。

もちろん、差出人は、「保」としか書いていない。「〇九〇－××××－××××に電話しろ」とだけ、書いてあった。

きっと、あの男の携帯電話の番号だろう。T弁護士に、このことを話してみた。が、それだけでは相手を訴えることは出来ないと、いわれた。友だちになりたいから、ハガキを出したといわれたら、それで、終りだというのだ〉

〈ショック！　今夜、帰宅したら、キッチンのテーブルの上に、プレゼントが、置いてあった。小さな箱だ。開けてみたら、オモチャの小さな手錠だけが、入っていた。何のメッセージもついていなかったが、あの男からだと直感した。

それにしても、どうやって、部屋に入ったのだろう？　管理人は、知らないという。怖

いから、すぐ、鍵を作っている店へ行って、ドアの鍵をつけかえて貰った。でも、また、開けられてしまうのではないだろうか〉

そんな文章が、延々と、つづられているのだった。

写真が、二枚、挟んであった。

望遠レンズで撮ったと思われる男の写真だった。何とか、顔は、わかる。

〈これが、被害者を、悩ませていたストーカーだろうか？〉

2

十津川と、亀井は、まず、この手帳に書かれたことの真偽を、調べることにした。

マンションの近くにある交番で、そこにいる若い巡査に、話を聞くことにした。

「彼女なら、相談に来たことがあります」

と、横山というその巡査は、肯いた。

「ストーカーのことで、相談に来たんだね？」

「そうです。つきまとわれて困っているということでした。手紙も見せられました」

「それで、どうしたのかね？」

「話を聞きましたが、どうしようもありません。ただ、あとをつけるだけで、直接、手をかけたり、抱きしめたりしていないわけですから。手紙にしても、気味が悪いことは、わかりますが、ラブレターだといわれたら、どうしようもありませんから。彼女が、どうかしたんですか？」

「殺されたんだ」

と、亀井が、いった。

横山は、一瞬、声を失ったみたいに、黙っていたが、

「私の責任でしょうか？——」

「それはないと、思うがね」

と、十津川は、いった。

次に、二人は、私鉄の駅前にある「カギの店」に回ってみた。

店の主人は、三木かえでのことを、よく覚えていた。

「確かに、ドアの鍵(かぎ)をつけかえましたよ。なんでも、留守の間に、部屋に、誰かに、侵入されたといってました。でも、普通の鍵は、少しでも、鍵の知識があれば、開けられてしまいますからね。だから、寝るときには、きちんと、チェーンロックをかけて下さいと、いっておいたんですがね。え、殺されたんですか？　私は、関係ありませんよ。チェーンは、かかってなかったんですか？」

「チェーンは、切られていたんですよ。カッターでね」

と、十津川は、いった。

「それじゃあ、防ぎようがありませんね」

「鍵をつけかえたときですが、三木かえでさんは、何かいっていませんでしたか？」

「ストーカーに、つきまとわれて、困っていると、おっしゃってましたね。若くて、きれいだからでしょうといったんですが、冗談いわないでと、怒られたのを、覚えてますよ」

と、店の主人は、いった。

被害者が、所属していたPプロダクションにも、出かけて行き、代田サチコという先輩の女優にも、会った。

「彼女、殺されたの？　本当？」

と、信じられないという顔で、聞き返してから、

「やっぱり、犯人は、ストーカー？」

「まだ、わかりませんが、容疑者の一人とみています。ストーカーのことで、彼女から、相談を受けたそうですね？」

と、十津川は、きいた。

「ええ。何回か、受けましたよ」

「そのときの様子を話して下さい」

「最初に、相談されたとき、とにかく、引っ越してみたらといったんです。電話もかえる。

そうすれば、何とかなるんじゃないかって、いったの」

「それを、彼女は、実行したんですね？」

「ええ。四谷三丁目から、渋谷区本町に、引っ越したといってた」

「でも、見つかってしまった？」

「ええ。見つかってしまったって、怯えてたわ」

「相手の男について、彼女は、どういっていましたか？」

と、亀井が、きいた。

「背が高くて、一見すると、優しく見えるけど、怖い人だと、いってたわ。だから、怖がってばかりいないで、相手のことを、調べあげてやりなさいって、いったの。写真だって、撮ってやればいいって。写真は、撮ったらしいんだけど、男のことを、調べたら、何をされるかわからないって怯えてたわ」

と、サチコは、いう。

「相手は、手紙に、保とだけサインしているみたいなんですが、この名前を、彼女が、いっていたことは、ありますか？」

十津川が、きく。

「ええ。聞いたわ」

「偽名ですかね？」

「私も、最初は、偽名だろうと、思ってたわ。でも、自分の携帯の番号を教えて来たっていうんでしょう？　つまり、かけろということだから、保というのは、本名かもしれないわね」

「なるほどね。その名前で、電話しろということですか？」

「ええ。そうじゃないかと思って。かけてみなさいよって、いったんだけど、彼女は、ひたすら怖がって、かけなかったみたいだけど」

と、サチコは、いった。

これで、被害者が、ストーカーに悩まされていたことは、まず、間違いないようだった。

現場のマンションのドアなどは、犯人によって、きれいに、拭き取られていて、指紋の検出は、不可能だった。

被害者が、手帳に書きつけていた、オモチャの小さな手錠も、見つかっていない。恐らく、犯人が、持ち去ってしまったのだろう。

十津川は、手帳にのっていた携帯電話の番号にかけてみた。

すぐには、相手は出なかった。

十津川が、切ろうとしたとき、

「もし、もし」

と、押し殺したような男の声が聞こえた。

「保さんですか？」

「誰にかけてるんです？」

「〇九〇－××××－××××ですね？」

「ええ」

相変らず相手の声は、低くて、小さい。

「保さんですね？」

「――」

「三木かえでという女性を知ってますね？」

「いや、知りませんよ」

それで、相手は、切ってしまった。

十津川は、ＮＴＴに協力して貰って、この番号の携帯について、調べて貰った。

今の持主の名前が、わかった。


〈平野保（二十三歳）〉


これが、その持主の名前だった。

住所は、四谷三丁目のマンションの３０６号室である。

「とにかく、会いに行ってみよう」

と、十津川は、いった。

亀井と、二人で、階段をあがりながら、

「被害者が、前に住んでいたのが、同じ四谷三丁目のマンションでしたね」

と、亀井が、いい、

「多分、そのときから、ストーカー行為が、始まったんだろう。それで、彼女は、渋谷区本町に逃げたんだ」

十津川も、小声で、いった。

少しばかり、緊張して、亀井が、インターホンを鳴らした。

ドアが開き、若い、背の高い男が、顔を出した。あの手帳に挟んであった二枚の写真に写っていた男だった。

十津川が、警察手帳を見せた。

「平野保さんですね？」

「そうだけど、警察が、僕に、何の用です？」

「立ち話では、何なので、中に入っていいですか？」

「ええ。まあ」

平野は、ぶすっとした顔で、二人の刑事を、中に入れた。

２ＬＤＫの広い部屋だが、何となく、乱雑な感じを受ける。

居間に案内すると、自分は、ソファに腰を下した、

「何ですか？」

と、また、きいた。

「三木かえでという女性をご存知ですか？」

十津川が、きいた。

「三木？　知らないなあ」

「この女性ですがね」

亀井が、用意してきた彼女の写真を、テーブルの上に置いた。

平野は、手に取って見ていたが、

「知らないなあ」

「ヴィラ四谷というマンションは、この近くですね？」

と、十津川が、いう。

「ヴィラ四谷？　それが、どうかしたんですか？」

「ちょっと、失礼」

十津川は、立ち上って、窓の外に眼をやって、

「向うに見えるのが、ヴィラ四谷です」

「そうですか。それが、どうかしたんですか？」

「そこに、彼女は、住んでいたんですよ」

「関係ないな」

「彼女、昨夜おそく、殺されましてね」

「だから、何だというんです？　まさか、僕が、犯人だなんて、いうんじゃないでしょうね？」

平野は、急に、いきり立って、二人の刑事を睨んだ。

「どうして、そんなに興奮するのかね？」

と、亀井が、からかうように、きいた。

「だから、あんたたちが、来たんだろう？　僕は、関係ないよ」

「あなたの携帯電話の番号は、〇九〇－×××－××××ですね？」

と、十津川が、きいた。

「そうだけど」

「女性に、その番号を、教えたりしてませんか？」

「そりゃあ、教えたことはあるけど」

「殺された三木かえでにも、教えていましたね？」

「刑事さん。僕は、そんな名前の女なんて、知らないと、いってるじゃないか」

平野は、また、険しい表情になった。

「本当に、知らないのかね？　彼女に、つきまとっていたんじゃないのか？」

亀井が、いうと、平野は、立ち上って、

「帰ってくれ！　不愉快だ」

と、怒鳴った。

3

捜査本部に戻ると、十津川は、部下の刑事たちに、平野保について、徹底的に調べることを、指示した。

聞き込みが、開始された。

まず、わかったのが、平野は、今、無職だということだった。

「K大卒業後、一時、M電気に入ったんですが、すぐやめて、今は、無職です。自分では、フリーターと、いってますが」

と、三田村が、報告した。

「金がよくあるね。マンションは、かなり、広かったが」

「父親の力です」

「父親？」

「今、鹿児島県の知事をやっています。祖父は、S製薬の重役です」

「鹿児島県の知事？」

それで、平野なのかと、十津川は、気付いた。

「その一人息子です。それで、甘やかされて育ったんだと思いますね」

「どんな男なんだ？　私の会った感じでは、尊大な男に見えたが——」

「そうですね。良くいう人間と、悪くいう人間に、はっきり分かれています」

と、三田村と一緒に聞き込みに行った北条早苗刑事がいった。

「具体的に、いってくれ」

「金があるので、よくおごってくれると、これは、おごって貰った友人たちは、賞めています。しかし、一方で、やたらに、威張っているとか、冷酷だという評判があります。殴ってやったという友人もいますし、冷たく捨てられて、恨んでいる女性もいます」

「ストーカー行為については、どうなんだ？」

と、十津川は、きいた。

「大学の同級生で、彼に、ストーカーまがいの目にあったという女性がいました。もう結婚しているんですが、大学時代、つきまとわれ、つき合わなければ、殺すぞと、脅かされたと、いっていました」

と、早苗は、いった。

平野が、クスリをやっていたという話を、片山と田中が、聞き込んできた。

「証拠はないんですが、去年の夏頃、友人の一人が、会いに行ったところ、眼が、おかしかったというのです。眼が異様に光っていたそうで、あれは、シャブだといっています。今は、やめているようだとも、いっていました」

と、片山が、いい、田中は、それに、いい添える形で、

「父親が、鹿児島県知事選に出馬したとき、反対陣営から、平野の息子が、覚醒剤をやっているという怪文書が、出されたという話を聞きました。結局その噂は、あいまいのままで、選挙の争点には、ならなかったようです」

「そういう噂は、前からあったのか」

十津川が、呟くように、いった。

(これで、捜査が、難しくなったな)

と、十津川は、思った。

何しろ、父親は、鹿児島県の知事なのだ。その上、今、鹿児島では、その平野知事を、追い落そうとする動きがある。

その一人息子、平野保が、殺人事件の容疑者になったとなると、知事の追い落しは、加速することが眼に見えている。

警察の捜査が、政治に利用されるのは困ると、十津川は、考え、捜査本部長の三上も、

「そういうことなら、慎重の上にも、慎重を期してくれ」

と、十津川に、いった。

十津川は、すぐ、鹿児島にいる西本刑事に、連絡を取った。

「こちらの新人女優殺しで、容疑者として、平野知事の息子が、あがっているんだが、そっちの反応は、どうだ？」

「もう、怪文書が、回っています。一人息子の教育も出来ない人間を、知事にしておいていいのかといった趣旨の文書です」

と、西本は、いう。

十津川は、首をかしげて、

「おかしいな。平野保の事情聴取はしたが、まだ、容疑者にはなっていないし、マスコミにも明らかにしていないんだがね」

「平野知事のアキレス腱が、一人息子であることは、こちらでは、多くの人が、知っています。前に、覚醒剤の所持で、警察に逮捕されたことがありますからね。だから、次の知事選を狙う田中陣営では、東京の平野保の行動を、じっと、監視していたと思います」

「われわれが、平野保のマンションを訪ねたことは、監視されていたということか」

「そう思います」

「では、平野保が、もし、逮捕されるようなことになったら、間違いなく、それが、平野知事追い落しに利用されるな」

「それは、間違いありません。じっと、待ち構えていると思います」

と、西本は、いう。

「じゃあ、この件で、そちらで何か動きがあったら、すぐ、知らせて欲しい。君がいった怪文書が手に入ったら、それも、ＦＡＸで送ってくれ」

と、十津川は、いった。

その日の中に、西本から、「怪文書」が、ＦＡＸで、送られてきた。

ワープロで、打たれたもので、見出しは、

〈平野知事の一人息子に、殺人疑惑！
　これで、知事の仕事が、勤まるのか？〉

と、あり、記事は、次の通りになっていた。

〈平野知事は、市民の知事を、標榜して、当選した。今までの政治家らしくない、市民の代表というキャッチフレーズで、多くの票を集めたのである。

市民の代表とは、いったい、何なのか。それは、一言でいえば、健全な家庭人ということだろう。平野氏は、選挙の時、常に、夫人の章子さんと一緒に動き廻(まわ)り、「良き夫」を、選挙民に、アッピールした。

しかし、平野氏は、果して、「良き父親」なのだろうか？

実は、平野氏は、一人息子の保さんのことには、殆(ほとん)ど触れて来なかった。なぜ、保さんのことを話そうとしないのか。それについて、調べたところ、驚くべきことがわかった。保さんは、大学卒業後、定職につかないばかりか、覚醒剤所持で、逮捕されたことがあったのである。このことについて、平野氏は、もうすんだことだといい、現在は、覚醒剤とは、関係がないから、いいではないかと、開き直っている。

しかし、ここに来て、保さんに、重大な疑惑が、持ち上っているのである。

東京で殺された美人女優A子さんについて調べている警視庁は、平野保さんを、重要容疑者として、マークしているというのだ。

もし、保さんが、逮捕されるような事態になったら平野知事は、どう弁明するつもりなのか。

覚醒剤で事件を起こしてから、保さんは、全く反省がなく、職にもつかず、自堕落な生活を送ってきたことは、いろいろな人の証言で明らかである。このことだけでも、平野知事は、父親失格ではないのか？　知事失格ではないのか？〉

「どう思うね？」

と、十津川は、亀井に、きいた。

「情報が、早すぎますね。この文書は、もう、鹿児島に、ばらまかれているわけでしょう？」

「そうだ」

「われわれが、平野保に会いに行ったのは、一昨日（おととい）の午後です。これは、いつ、印刷されたものですかね？」

「昨日の中に、鹿児島市内に、ばらまかれたというから、一昨日の夜から昨日の朝にかけて、印刷されたものだろうね」

「ぎりぎりですね」

「そうだな。われわれの動きを、監視している人間が、東京にいて、すぐ、鹿児島に連絡し、このビラを印刷して、ばらまいたんだと思うね」

「目的は、平野知事の失脚でしょうね」

と、亀井が、いう。

「他に考えようがないな」

「例の田中代議士の青年塾の生き残りが、やっていることでしょうね。田中を、鹿児島県知事にし、地方から、中央を改革するというスローガンを実現するためにです」

「カメさんは、どう思うね？　この殺人事件は、ひょっとして、平野知事を追い落すための陰謀とは、考えられないかな？」

「まさか――」

亀井の顔が、赤くなった。

「いくら何でも、そこまでは、やらないと、思いますが」

「私だって、そう思いたいさ」

「平野保が、覚醒剤で、逮捕されたことがあるのは、事実です。その後、クスリは、やっていないことになっていますが、定職もなく、ぶらぶらしていたことも、間違いありません。市民の知事を標榜している平野知事の泣き所であったことは確かです」

亀井は、確認するように、いった。

「だから、狙われ易いことも、確かだ」

十津川は、慎重に、いった。

4

捜査会議では、当然、怪文書のことが、議題になり、意見は、二つに分かれた。

三木かえで殺害という今度の事件を、罠（わな）と見るか、どうかの二つにである。

「もし、この殺人が、罠だとしたら、どういうことになるのかね？」

三上本部長が、十津川に、質問した。

「被害者三木かえでの手帳に書かれていることは、嘘ということになって来ます」

と、十津川は、いった。

「筆跡は、どうなんだ？」

「かえで本人の筆跡に、まず、間違いないと、思われます」

「手帳は、三面鏡の引出しの底に、テープで留められていたんだろう？」

「そうです」

「それなら、手帳は、信用していいんじゃないのかね？　罠なら、発見されやすいように、しておくんじゃないのかね？」

「いや、それは、逆だと思います。もし、犯人が、ストーカーの男なら、殺したあと、自分が、犯人とわかるものは、必死で、探して、持ち去ろうとする筈です。それなのに、あの手帳が、すぐわかる場所にあったら、罠ではないか、わざと、警察に発見させたのではないかと、われわれは疑います」

「それで、君は、あの手帳は、罠だと思うのかね？」

と、三上が、きく。

「それが、正直にいって、どちらともいえません」

「どうしてだ？」

「平野保が、本当に、ストーカーで、三木かえでを、殺したのかも知れません。それを知って、怪文書の主は、チャンスと考えて、すぐ、平野知事攻撃の文書を作ったということも、考えられますから」

と、十津川は、いった。

「いやに、慎重だな」

「今回は、慎重にならざるを得ません。もし、平野保が、殺人犯ということになれば、私は、平野知事が、どんな人なのか、知りませんが、多分、自分から、知事を、辞任すると思います。一人の知事の政治生命を、左右する事件なのです。慎重の上にも、慎重を期したいと思っています」

「その点は、私も、同感だ。こんな怪文書が出ているところをみると、平野保を、容疑者扱いしただけで、また、同じような怪文書が出る心配がある」

と、三上は、いった。

「そうですね。その恐れは、十分にあります」

十津川も、肯(うなず)いた。

「総監も、この怪文書をみて、心配しておられるんだ。捜査が、政治的に利用されることを、一番嫌われる方だからね」

と、三上が、釘(くぎ)を刺すように、いい、続けて、

「君は、手帳に書かれたことを、どう思っているのかね？　事実と、思っているのか？

それとも、でたらめだと、思っているのかね？」

「どちらの可能性もあると、思っています」

「でたらめの可能性もあるということかね？」

「そうです」

「何のために、そんな、でたらめの日記をつけたのかね？」

「もちろん、平野保を、罠にはめるためです。あんな手帳を残して、三木かえでが死ねば、平野保を、犯人と考えますから」

「そうすると、彼女は、殺されるのを覚悟で、あの手帳を、書きつけていたというのかね？」

三上部長が、眉をひそめて、十津川を見た。

「いや。殺されるとは、思っていなかったでしょう。いくら、金を貰っても、殺されることまで承知する筈がありませんから」

「じゃあ、本当のことが、書いてあるんじゃないのかね？」

「かも知れません」

と、十津川が、いう。

三上は、険しい表情になった。

「じれったいな。いったい、どっちなんだ?」

「平野保が、平野知事の息子でなければ、彼に、任意同行を求めて、事情聴取をしています。今でも、本部長が、許可を与えて下されば、明日にでも、署へ、連れて来ますが」

十津川は、じろりと、三上本部長に眼をやった。

三上は、あわてた表情になって、

「それは駄目だ。総監も、今回の事件は、慎重の上にも、慎重に捜査しろと、いわれている」

「ですから、私も、慎重に対応したいと、思っています」

と、十津川は、いった。

「慎重に、どうするんだ?」

「平野保には、当分触れずに、捜査をすすめようと、思っています」

「そんなことが、可能かね?」

「難しいと思いますが、そうせざるを得ません。被害者と、その周辺だけに限定して、捜査をすすめれば、次の怪文書が出なくて、すむかも知れません」

と、十津川は、いった。

捜査会議が終って、亀井が、十津川に向って、

「大変な約束をしてしまいましたね。殺された三木かえでの手帳にあったストーカーのこ

とを調べずに、事件を解決しようとするのは、片手を縛って、闘うようなものですよ」

「わかっている。が、いい面もある」

と、十津川は、いった。

「どんないいことがあるんですか？」

亀井が、嚙みつくような顔で、きく。

「被害者と、平野保の両方を調べることができると、どうしても、彼が、犯人だという先入観を持ってしまう。その方が、楽だからだ。被害者しか調べられなければ、その先入観を、抱かずにすむ」

十津川は、小さく、笑って、見せた。

「では、具体的に、どうしたらいいと、お考えですか？」

「彼女が残した手帳を、もう一度、調べ直す。今度は、穴のあくほどだ。先入観を抜いてだよ」

と、十津川は、いった。

「つまり、あの手帳の中に書かれている保という名前を、まず、忘れるということですね」

「そうだ。保という名前がなかったら、手帳の言葉をどう解釈するかということだ。それを、やってみたいんだよ」

と、十津川は、いった。

二人は、三木かえでの手帳を取り出し、最初のページから、ゆっくりと、読んでいった。

それでも、自然に、「保」という文字に、目が行ってしまう。

二人は、そこに、「X」の文字を、入れた。不明のXである。

そうすると、不思議に、Xが、透明な存在に、思えてきた。ストーカーとしての実体が、うすれてくるのだ。

保という固有名詞の時には、ひどく、具体的に見えた筈なのに、である。

「なぜ、日付が、書いてないんでしょう？」

と、亀井が、先に、首をかしげた。

保という具体的な氏名があると、日付がないことは、別に、気にかからなかったのに、ストーカーが、Xになってしまうと、日付がないことが、急に、気になってきたのだ。

「確かに、日付がないのは、不思議だな。ストーカーに狙われている女性としては、警察に対応して貰うためには、正確な日付と、場所、相手の行動を、チェックしておかなければならないからね」

十津川も、首をかしげた。

「日付がないのに、Xの行動は、いやに、細かく、書いてあるのです」

「他に、この手帳で、おかしなところはないかね」

「警部は、どう思われました？」

「最初、彼女は、四谷三丁目のマンションに住んでいて、そこで、ストーカーが、始まったことになっている」

「そうです。それで、渋谷区本町のマンションに、引っ越したんです。ところが、その新しい住所も、すぐ、Xに突きとめられてしまったと書いてあります」

「最初に読んだ時は、典型的なストーカー行為だなと、思って、読んだんだが、四谷三丁目にいた時の記述が少くて、渋谷に引っ越してからの記述が、圧倒的に多いんだよ」

「それは、Xのストーカー行為が、エスカレートしたからじゃありませんか」

「それなのに、今度は、引っ越していないんだ。四谷三丁目の時は、ストーカー行為は、弱いのに、引っ越している」

　と、十津川は、いった。

「四谷三丁目時代の彼女について、聞き込みをやってみますか」

　亀井がいい、二人は、パトカーで、出かけた。

　四谷三丁目周辺の地図を見ながら、パトカーを、飛ばす。

　三木かえでのいたマンションと、平野保が住んでいるマンションの位置が、赤丸で、示されている。

　前に、平野保のマンションに行ったとき、その窓から、かえでのマンションが見えることがわかっている。

　ここで、ストーカー行為が始まったと考えられる。彼女の手帳を読むと、そう考えられるのだ。

　二人は、彼女の住んでいたマンションに着くと、管理人に会った。

「三木さんのことなら、よく覚えていますよ。きれいな方でしたから」

　と、管理人は、いった。

「ここには、どのくらい、住んでいたんですか？」

　十津川が、きいた。

「一年と少しでしたね」

「美人だから、この辺りに住む若い男から、声をかけられたり、ハントされたりしていたんじゃありませんか？」

　十津川が、きくと、管理人は、笑って、

「男友だちは、沢山いたようでしたよ。よく、男の人が、来ていたから」

「同じ男ですか？」

「いや、五、六人の男の人です。いつも、お盛んだって、思っていましたから」

「どんな男たちですか？」

「詳しいことはわかりませんが、私の知っている俳優さんも、時々、車で迎えに来ていましたよ。名前ですか？　確か、松崎健さん。テレビによく出ている人です」

と、管理人は、いった。

十津川たちは、その松崎健に会いに、テレビ局へ、廻ってみることにした。

松崎は、丁度、中央テレビで、ドラマの録画撮りをしていた。二人は、しばらく待たされてから、局のティールームで、松崎に会った。

「今日は、三木かえでさんのことで、伺ったのです」

十津川が、いうと、松崎は、手を振って、

「僕じゃありませんよ」

「松崎さんを犯人だと思っていません。四谷三丁目に、彼女が住んでいた頃、よく、車で迎えに行かれたと、聞いたんですが」

「ああ、行きました。同じプロダクションですから。それを、誤解されて、写真週刊誌にツーショットで、撮られたことがあります」

「彼女が、ストーカーにつきまとわれて、迷惑していたことを、知っていましたか？」

十津川が、きくと、松崎は、肯いて、

「ええ。知っていますよ。僕も、どうしたらいいか、相談を受けたことがあります」

「どんな目にあっているか、詳しいことを話しましたか？」

「ええ。近くのマンションに住んでいる男で、じっと、双眼鏡で見つめていたり、ジョギング中に、尾行されたりしたと、いっていましたね。直接行動に出ないので、警察も、取り合ってくれないと、いっていましたね」

「その男を、見ましたか？」

と、亀井が、きいた。

「一度、見ましたね。彼女の部屋から、男の部屋を、教えてくれて、向うの部屋から、男が、こっちを見ていましたね。若い男でした。背の高いね」

「その後、三木かえでさんは、ストーカーに追われる形で、渋谷に、引っ越しましたね」

と、十津川が、いった。

「あれには、びっくりしました」

「どうして、びっくりしたんですか？」

「突然、引っ越しましたからね。それほど、彼女が、ストーカーに、悩まされているとは、思っていなかったんですよ」

「引っ越したことについて、あなたに、相談はなかったんですか？」

「ありませんでしたよ」

「どうしてかな？　一番、親しくしていたんでしょう？」

「そう思っていたんですが、僕より、もっと親しくしていた人が、いたということですよ」

「なぜ、そういう人間が、いたと思うんですか？」

十津川は、更に、きいてみた。

「彼女、女優ですが、あまり売れてなかった。その上、ぜいたくだったから、いつも、金に困っていたんですよ。それなのに、ぱっと、引っ越したし、渋谷の２ＤＫのマンションは、前のマンションより、ずっと、ぜいたくな作りでね。その上、礼金とか、敷金とか、一時に、払わなきゃいけないわけですよ。よく、そんな金があったなと、思ってね」

「だから、パトロンみたいな人間がいたんだろうと、思ったわけですか？」

「そうです。渋谷に引っ越してからの方が、ぜいたくな暮しになりましたよ。急に、売れっ子になったわけでもないのにね」

と、松崎は、いった。

「無理しても、ストーカーから、逃げたかったということじゃないんですか？」

亀井が、きく。

「そうでしょうね」

と、松崎は、肯いたが、どこか、釈然としない顔付きだった。

「納得できませんか？」

と、十津川が、きいた。

「まあねえ」

「しかし、彼女が、残した手帳には、めんめんと、ストーカーに狙われた記録が、のっているんですよ」

「渋谷のマンションにも、何回か遊びに行きましたが、確かに、ストーカー被害を、訴えていましたよ。引っ越したあとも、つけ廻されているとです」

「続けて、相談も、受けていたわけですか？」

「ええ。向うに、引っ越してからの方が、ひどくなったと、いっていました。泣いてたこともあります」

「あなたは、ストーカーを見たと、いっていましたね？」

「ええ。名前も知っていますよ」

「どうしてです？」

「彼女に、ストーカーから来た手紙を見せられましたから。『保』と署名してありましたよ」

「ストーカーに会って、彼女につきまとうなと、注意してやろうということは、考えなかったんですか？」

亀井が、きいた。

「もちろん、考えましたよ。僕だけじゃなくて、僕の友人で、彼女とつき合いのあった島田(しまだ)も一緒に、相手に会って、注意してやろうという話になったことがあったんです。島田は、空手三段でしたからね」

「どうして、話し合いをやらなかったんですか？」

と、十津川は、きいた。

「彼女が、やめてくれと、いったからですよ」

「彼女は、なぜ、やめてくれと、いったんですかね？」

「相手は、危険な男だから、僕たちが、怪我でもしたら、申しわけないからといっていましたね」

「それで、納得したんですか？」

亀井が、咎めるように、松崎を見た。

松崎は、むっとした顔になって、

「その時、ちょっとした押し問答があったんですよ。特に、島田なんか、向うが、いうことを聞かなければ、二、三発殴ってやると、いったんです。それでも、彼女が、やめてくれ、警察に相談するから、といったので、やめたんです」

「しかし、警察は、なかなか、動かなかったんでしょう？」

「そうですよ。警察が、もっと、機敏に動いてくれていれば、彼女は、殺されずにすんだんです。そうでしょう？」

松崎の声には、明らかに、非難のひびきが、あった。

5

　十津川と、亀井は、渋谷区本町の交番に行き、若い巡査に会った。

　十津川が、三木かえでの名前をいうと、相手は、

「反省しております。もう少し、親切に、対応していればと、思っています」

　と、頭を下げた。

「別に、君を、非難しているわけじゃないんだ。彼女が、具体的に、どんなことを、相談しに来たのか、それを、知りたいと、思っているだけなんだ。彼女は、ストーカーの名前をいったのかね？」

「手紙と、写真を見せられましたから、知っています。『保』という名前の手紙です。ワープロで、書いてありました」

　と、若い巡査は、いう。

「その男に、殺されるかも知れないと、いわれたのか？」

　亀井が、きいた。

「いえ。それはなかったと思います。もし、殺されるといわれたら、私は、ストーカーに会って、注意していた筈(はず)です」

　若い巡査は、まじめな顔で、きっぱりと、いった。

「わかった。ありがとう」

十津川は、彼に礼をいい、パトカーに戻った。

「何か、納得できませんね」

亀井が、パトカーを運転しながら、十津川に、いった。

「何がだ？」

「松崎の返事ですよ。本当に、ストーカーに会って、注意する気だったんですかね？　いざとなったら、怖くなって、やめたんじゃありませんか」

「三木かえで本人が、怪我するから、やめてくれと、いっている」

「怪しいものですよ。彼女は、死んでしまっているから、何とでもいえます。第一、彼女は、ストーカーに、苦しめられていて、遂には、殺されたんです。そんな彼女が、行かないでくれと、止めるとは、考えられないんです」

亀井は、腹立たしげに、いう。

「しかし、交番の巡査が、嘘をつくとは、思えないんだよ。彼は、ストーカーについて、相談を受けたが、それほど、切羽つまったように思えなかったと、いっている。だから、ストーカーに会って、注意しなかったのだと」

と、十津川は、いった。

「それは、そうですが――」

「だから、松崎は、ストーカーに会って、注意しなかった。彼女が、怪我をされては、困ると、いったというのも、本当じゃないかと思うんだよ」

「でも、おかしいですよ」

「ああ。おかしいんだ」

「それなら、松崎の話は、おかしいと、警部も、思われるんでしょう？　彼女が、行かないでくれといっても、行くのが、男じゃありませんかね」

「私のいうのは、三木かえでの方なんだ。彼女の態度が、おかしいといっているんだよ」

と、十津川は、いった。

「どういうことですか？」

「彼女は、ストーカーに、怯(おび)えていた。そして、殺されてしまった」

「そうです。ストーカーから逃げるために、引っ越しもしています」

「それだけ、怯えていたのに、松崎たちが、ストーカーと会って、話をつけてやるというのを、断った。また、交番の巡査に、ストーカーの話をしたが、それほど、切羽つまっているようには、聞こえなかった。とにかく、巡査が、ストーカーに会いに行って、注意する気には、ならなかったんだ」

「そうですが、まさか、殺されるとは、思っていなかったからでしょう」

と、亀井が、いう。

「そこなんだよ」

「え？」

「彼女は、まさか、自分が殺されるとは、思っていなかったんだ」

「それは、今、私が、いいましたが」

「カメさんのいう意味とは、少し違うんだ。私は、彼女が、芝居をしていたのではないかと、思うようになっている」

「芝居ですか」

「ストーカーに狙われる怯える美人女優の役だよ。女優だから、演じるのは、お手のものじゃなかったのか？」

「平野保を、罠にはめるための芝居ですか？」

と、亀井が、きいた。

「そうだよ」

「すると、彼女の手帳は、罠にはめるための小道具というわけですか？」

「その通り」

「しかし、本当に、彼女は、殺されてしまいましたよ」

「だから、まさか、自分が、殺されるとは、思っていなかったんだろうと、いったんだ」

「彼女は、誰かに、頼まれて、芝居をしていたということになりますね？」

「金を貰ってね」

「では、どういう結末になる予定だったんでしょうか?」

「多分、深夜、彼女が、ネグリジェ姿でベッドに入っているところを、ストーカーが、忍び込んで、襲いかかる。彼女は、必死に抵抗し、マンション中が、大さわぎになって、男は、逃げさる。そこで、彼女は、襲いかかったのは、いつも、自分に対して、ストーカー行為を繰り返していた『保』という男だと、警察に、話す」

「それで、平野保が、殺人未遂か、暴行、家宅侵入で、逮捕されると、いうわけですか?」

「三木かえでは、そういうストーリイを、教えられていたんだと思う。ところが、芝居を頼んだ人間は、それでは、困るんだよ。彼女が、真相を話したら、全てが、無駄になってしまうし、彼女という時限爆弾を抱えることになる。そこで、そいつは、最初から、三木かえでを、殺すことを考えていたんだよ」

と、十津川は、いって、

「それで、松崎たちや、交番の巡査が、実際に、平野保に会って貰っては、困ったわけですね」

「そうさ。もし、平野保が、ストーカーではないとわかったら、今までの努力が、無駄になってしまうからだ。それで、三木かえでは、ストーカーの被害を、やたらに口にし、引っ越しまでしておきながら、松崎たちが、正義感で、ストーカーに、会おうとすると、それを、止めたんだよ」

「すると、真犯人は？」

「平野知事を、追い落そうと考えている人間たちだろう。ただ、証拠をつかむのは難しいな。何しろ、肝心の三木かえでが、死んでいるからね」

と、十津川は、残念そうに、いった。

「鹿児島で、平野知事の追い落しを計画している連中が、それだけでは、うまくいかないので、東京で、動いたということになりますね」

「平野知事の一人息子の保が、彼のアキレス腱だといわれているからね」

第五章　三月二十日

1

家族、特に息子の不行跡で、一生を棒にふる政治家は、多い。

一人息子が、覚醒剤中毒で逮捕されたために、国務大臣の椅子を失った政治家が、いたし、また、一人息子も、政治家で、彼が汚職で逮捕されたため、父は党の長老だったが、引退してしまった、ということも、あった。

今度の事件も、同じことを、狙ったに違いない。

平野知事にしても、息子の保が、殺人容疑で逮捕されれば、知事の椅子をおりることになるだろう。

保は、覚醒剤を使用していた前科がある。その保ということを考えると、殺人容疑というだけで、殺人が証明されなくても、平野知事は、勇退せざるを得ないことになるに違いない。なぜなら、その時点で、田中代議士の陣営が、猛烈な攻撃をしかけてくるに違いないからである。

「これが、田中陣営の策謀だとしたら、彼の『改革は、地方から』という言葉は、ひどい、はったりということになってきますね」

亀井が、怒りの表情で、いった。

「しかし、証明するのは、難しいよ」

「そうですね。肝心の三木かえでは、殺されてしまっていますし、問題の日記の文字は、彼女の筆跡に間違いないんですから」

「周到に用意されたことは、彼女の死と同時に、怪文書が、鹿児島で、出廻っているからね。見方によって、今度の事件は、がらりと変ってくる」

「平野保というストーカーが、変じて、殺人者になったとも考えられるし、そう見せる罠だということも考えられるということですね」

「どちらと、判断するかが、難しいから、困っているんだよ」

と、十津川は、いった。

捜査会議では、ともかく、慎重に捜査しようという結論になっている。それは、この殺人事件が、政治に利用されるのを、恐れたからである。

三上本部長も、その点は、賛成してくれていた。

ただ、こうした政治がらみの事件では、慎重と同時に、素早く解決しなければならないのである。

時間がかかると、それも、政治的に、利用されるからだった。政治がらみで、わざと、解決を遅らせているのではないかという批判が、必ず、何処からか、起きてくる。それも、避けなければならなかった。

従って、この殺人事件は、慎重さ、素早さという、ある意味で、相反することが、要求されるのだ。

「もう一つ、反することがある」

と、十津川は、いささか、うんざりした顔で、亀井に、いった。

亀井が、肯く。

「わかっています。平野保自身の人間性でしょう」

「そうなんだ。彼が、しっかりしていれば、ある意味で、捜査は、しやすいんだ。別に人格者でなくても、平凡で、実直なサラリーマンであってくれれば、彼の身辺を、平気で捜査できるのにね」

「覚醒剤使用の前科があって、おまけに誤解されやすい、わがままな性格です。これでは、われわれが、動く度に、平野保がクロの心証を、マスコミに、与えかねません」

亀井が、うんざりした表情で、いう。

「マスコミの動きも、心配だし、同時に、鹿児島で、何が起きるか、それも、心配だよ」

と、十津川は、いった。

東京で、三月三日、ひな祭りの夜に起きた、三木かえで殺しは、鹿児島と、連携していることは、明らかだった。

犯人が、平野保でなければ、明らかに、平野知事の失脚を狙っていて、それが、真の目的なのである。

とすれば、怪文書以外に、何らかの動きが、鹿児島で起きる可能性があった。

十津川は、再度、鹿児島にいる西本に、電話をかけた。

「捜査本部としては、三木かえで殺しが、鹿児島県知事問題に、利用されるのが、心配なので、慎重の上にも、慎重を期して、捜査をすすめるという点で、一致しているんだ」

「わかります。当然だと思います」

と、西本が、応える。

「そちらで、怪文書が出たように、ある陣営は、焦っている。何とかして、一刻も早く、平野知事を引退させようとしている」

「その通りです」

「と、すると、警察の動きが鈍いということに、連中は、焦りを感じて、新しい動きを見せる恐れがある」

と、十津川は、いった。

「その動きは、もう、見えています」

と、西本は、いう。

「本当か？　どんな動きなんだ？」

「鹿児島市の目抜き通りのビルに、新しく、田中代議士の事務所が、開かれました。前から、事務所はあったんですが、ごく、小さなものだったんです。今回は、雑居ビルの一階全部を、借り切っています」

西本は、いう。

「じゃあ、スタッフも、大人数なんだろう？」

「まだ、それは、来ていませんが、東京からも、やって来ると、いわれています」

「よし、日下刑事を、すぐ、そっちに向わせるから、協力して、その事務所の動きを、調べてくれ」

と、十津川は、いった。

2

三月八日、日下刑事は、鹿児島空港に着き、そこで、西本刑事と、落ち合った。

まず、空港内の喫茶店で、お互いの情報を、交換した。

「いぜんとして、木下ゆかりの行方が、わからないんだ」

と、西本は、疲れた表情で、同僚に、いった。

「もう一人、君の先輩は、どうなんだ？」

日下が、きく。

「小池さんか。彼も見つかっていない。二人は、多分、一緒にいるだろうと、思っているんだがね」

「二人が、殺人犯だと、思っているのか？」

「田中代議士の秘書の長谷川浩殺しか。その疑いは、十分に、持っているよ。ただ、これは、ひいき目からもしれないが、彼女が、ただ殺したくて、長谷川を殺したとは、思っていないんだ。木下ゆかりが、長谷川につきまとわれて困っていたのは、自分の眼で見ているからね。だから、止むを得ず、殺したとは、思っているんだ。小池さんは、それに、手を貸したんじゃないかとね」

西本は、辛そうな表情で、いった。

「もう一つ、殺人事件が、あったろう？」

「浅井豊という私立探偵が、指宿で、死んでいた事件だろう」

「それについての、木下ゆかりと、小池の関与は、どうなんだ？」

と、日下が、きく。

「わからない」

西本は、短く、いった。

「本当に、わからないのか？」

「なぜ、そんなことを、いうんだ？」

「私立探偵の浅井は、おそらく田中陣営の指示で、鹿児島へ来ていたんだろう？」

「そうだ。おれに、木下ゆかりと、小池さんが、田中代議士をゆすっていたと話した。そう思わせたかったんだ」

「それなら、浅井は、木下ゆかりと、小池を、追いかけていたんじゃないのか？　長谷川を殺したんじゃないかと考えてだよ」

「ああ。その可能性は、大きいと、おれも、思っている」

と、西本は、いった。

「それなら、木下ゆかりと、小池が、追いかけてきた浅井を、殺したということも、十分、考えられるんじゃないか？　冷静に考えてのことだよ」

と、日下は、いう。西本は、苦い表情になった。

「そんなことは、考えたくないんだ」

と、西本は、いった。

「わかった。もう、その話は、止めよう。田中事務所のことだ。僕も、その事務所に、案内してくれ」

日下は、いい、持って来たビデオカメラを、ショルダーバッグから取り出した。

「これで、事務所に出入りする人間を、写して来いと、十津川警部に、いわれている」

「じゃあ、行こうか」

西本は、いい、二人は、立ち上った。

西本が、レンタカーを用意していて、二人は、それに乗って、鹿児島市内に向った。今日は、朝から、快晴で、いかにも、春らしい陽気になっている。

「東京より、五、六度は、暖かいんじゃないか」

と、助手席で、日下が、いった。

JR西鹿児島駅近くの雑居ビルだった。

鹿児島市内には、別に、鹿児島駅もあるのだが、西鹿児島駅の方が、賑やかである。

西本が、車をとめた。

「あの一階だ」

と、いった。

一階の入口に、「田中信行事務所」の看板が出ていた。

二人は、そこから、監視にかかった。一階の入口に向けて、ビデオカメラのスイッチを入れっ放しにしておく。ビデオカメラの性能がよくなって、八時間、連続撮影が可能だから、楽だった。

しかし、一時間ぐらいした時、突然、若い男が二人、道路を渡って、車に近づいてくる

と、いきなり、片方が、

「何をしてるんだ！」

と、怒鳴った。

「なぜ、われわれの事務所を、ビデオで、撮ってるんだ？」

もう一人が、噛(か)みつくように、大声を出す。

仕方がないので、日下が、警察手帳を、相手に、見せた。

だが、男は、少しも、ひるんだ表情にはならず、

「警察が、われわれの事務所を、何故、見張ってるんだ？」

「事務所？　何のことだ？」

日下は、逆に、聞き返した。

「田中信行事務所だよ。田中先生を、知らないのか？」

「知らないな」

「知らない？」

「ああ、どういう人なんだ？」

「じゃあ、何を写していたんだ？」

「あのビルの四階には、サラ金の事務所があるだろう」

日下は、ちらりと、ビルの屋上の大きな看板に眼をやって、いった。

「Mサービスか」

「そうだ。東京の殺人で、犯人が、Mサービスのカードを奪って逃走している。犯人は、この鹿児島の生れなので、ここのMサービスに来ることが、十分に、予想される。だから、ここで、監視している」

「しかし、現われたら、逮捕すりゃあ、いいだろう。どうして、ビデオカメラなんか、回すんだ？」

二人の男は、しつこかった。

日下は、笑って、

「犯人自身がやってくるとは、限らないだろう。共犯がいて、そいつが、取りにくると考えるのが、自然だ。だから、全員を、撮っている」

「Mサービスの入口は、ビルの横だろう。なぜ、ここで、撮っている？」

「向うにも、刑事が、張っているよ」

と、日下が、いい、西本が、それに続けて、

「そこの入口から、ビルの中に入るふりをして、Mサービスへ行くことだって、できるだろう？　エレベーターで、四階に上ってだ。だから、全てのビルの入口を、見張っているんだよ」

と、いった。

二人の男は、顔を見合せていたが、

「とにかく、ここで、うちの事務所を、ビデオカメラで、写されるのは、迷惑なんだ。今、すぐ、中止して貰いたい。うちの先生が、警察に、電話しても、いい」

と、一人が、いった。

「わかった。すぐ、移動する」

西本は、いい、車を、ビルの横手に動かした。

そこに、車をとめ、日下と、顔を見合せて、苦笑した。

「向うも、事務所の周辺を、監視していたんだ」

と、西本が、いう。

「どこかに、監視カメラが、ついているんだろう」

「どうする？　監視をやめるわけには、いかないぞ」

と、西本は、いった。

「このビルの斜め向いに、旅行社がある。あの会社に、頼めないか」

日下が、いう。

「しかし、これから、われわれが、あの旅行社に入って行ったら、田中事務所の監視カメラに、写ってしまうだろう」

「どうしたらいい？」

「県警に頼むより、仕方がない」

と、西本は、いった。

二人は、レンタカーを飛ばして、鹿児島県警の捜査本部に行き、谷口警部と、加藤、坂上刑事に、会って、話をした。

加藤が、鹿児島市の地図を、取り出して、机の上に、広げた。

「そうです」

「このビルの一階に、田中信行事務所が、新しく出来たわけですね」

「それで、この斜め前のK旅行社に、ビデオカメラを、備え付けたい？」

「そうです」

「そりゃあ、駄目だ」

と、谷口警部が、いった。

「どうしてです？　田中事務所の入口を、写せると、思いますがね」

と、日下が、いった。

谷口は、笑って、

「K旅行社は、田中代議士の息がかかっているんです。社長は、田中代議士の個人秘書だったことがあるんです」

「そんな関係ですか？」

「何しろ、田中代議士は、この鹿児島とは、深い関係があるから、利害関係がある人間や会社、商店が、沢山あるんです。それを、ちゃんと、チェックしてかからないと、こちらの意図が、向うに、筒抜けになってしまいます」

と、谷口は、いった。

「K旅行社が、駄目だとすると、どんな方法が、ありますかね？」

西本は、自信がなくなって、元気のない声できいた。

「どうだ？　何かないか？」

と、谷口が、加藤と、坂上の、二人の刑事に、きいた。

加藤は、地図を見て、

「確か、真向いのビルの屋上に、土産物店の大きな看板が、あった筈です」

「Sみやげの看板だろう？」

「そうです。今、あの看板の塗りかえをやっています」

と、加藤は、いった。

「それで？」

「それに、便乗して、看板の横か、下か、見えない所に、ビデオカメラを、置かせて貰ったら、どうでしょうか。看板の塗りかえは、あと、三、四日かかると思うので、その間、カメラを、置けると、思いますが」

「そのSみやげと、田中代議士とは、関係はないんですか？」

心配して、西本が、きいた。

「大丈夫です。この会社の社長は、むしろ、今の平野知事の側の人間ですから」

と、谷口が、いった。

3

翌朝早く、日下が、「鹿児島看板」のユニホームを着せて貰い、四人の作業員と一緒に、出発した。

田中事務所の真向いにある、こちらも、雑居ビルの屋上に、あがる。

巨大な看板である。

日下は、その看板のかげで、袋からビデオカメラを取り出し、レンズを、田中信行事務所の入口に向け、ズームの倍率をあげ、出入りする人間の顔が、はっきりわかるところで、とめた。

日下は、スイッチを入れる。これで、八時間は、出入りする人間を撮り続けられるだろう。

サラ金の入口に、廻った。

田中事務所の若い男に、その作業をすませると、今度は、西本と、レンタカーに乗り、雑居ビルの横、

田中事務所の若い男に、そういってしまったからである。

相手を用心させてしまうことは、極力、やめようと、思ったのだ。

新しいビデオカメラを、県警で借りて来て、写す必要もないサラ金の撮影を、始めた。

案の定、昨日の男二人が、見廻りに来て、車の傍に近づくと、

「やっていますね」

と、声をかけた。昨日と違って、妙に優しいいい方だった。

日下は、わざと、突っけんどんに、

「仕事なんでね」

「しかし、これが、正しいやり方ですよ。われわれは、日本の警察に、感謝し、信用しているんです。田中先生も、いつも、そういっておられるんです。黙って、仕事をしている全国の警察官に、感謝しているとです。田中先生は、前に、法務委員をやっておられたことが、あるんです」

「そうですか」

「ご苦労様です。がんばって下さい」

と、男たちは、猫なで声で、いい、ビルに戻って行ったが、一時間もすると、今度は、差入れだといって、缶コーヒーと、菓子パンを、持って来てくれた。

翌朝、今度は、日下が行かず、看板描きの作業員に頼んで、看板の脇に取りつけたビデオカメラの電池と、カセットテープを、取りかえて来て貰うことにした。

昼休みに、昨日のビデオテープを受け取った。

それを、捜査本部で、テレビ画面に映し、谷口警部たちと一緒に、見た。

予想以上の人間が、田中信行事務所に、出入りしているのが、わかった。西本が、手に入れた、青年塾の青年たちの写真の顔も、見られた。彼が、会った尾花もいたし、他にも、三人の青年が、いた。タクシーで、乗りつけて、中に入ったまま、出て来ない男もいる。

その人数を、数えていくと、全部で、十一人の男女の数だった。

男十人と、女一人である。

「何かを、企んでいますね」

と、谷口が、いった。

「そうですよ。知事選までは、三年もあります。今から、こんな大人数を、集める必要はないと、私も、思います」

と、西本も、いった。

「問題は、何を企んでいるかだが――」

「東京で、三木かえでという女性が、殺され、平野知事の息子、平野保が、犯人ではないかという噂が、流れています」

「それは、知っていますよ。もし、息子が、殺人容疑で、逮捕されたら、父親の平野知事は、道義的責任をとって、辞職せざるを得ないだろうと、われわれは、思ったし、鹿児島市内でも、話題になっていましたからね」

「それで、警視庁としては、慎重の上にも、慎重に、捜査をすすめようということになっています。捜査が、政治的に、利用されては、困りますからね」

と、西本は、いった。

「それで、田中陣営は、焦ったかな？」

谷口が、考える顔で、いった。

「焦って、どうするかですね」

と、日下が、いう。

「まさか直接行動に訴えるとは、思えないんだが」

谷口の眼が、険しくなった。

カセットテープは、東京に送られ、西本と、日下の二人は、市内のホテルに、泊ることにした。

西本が、東京の十津川に、電話をかけた。

「県警の谷口警部は、田中陣営が、何をしようとしているのか、それが、心配だと、いっていました」

「同感だね。今、田中事務所の人数は、十一人か？」

「そうです」

「その人数が、これから、どんどん増えていくか、その中に、どんな人間が入って来るかだな」

と、十津川は、いった。

「谷口警部は、直接行動に出ることはないだろうと、いっていますが」

「それは、わからないぞ。田中代議士自身が、考えなくても、熱烈な彼のシンパは、何を考えるか、わからないからね。特に、若い連中は」

と、十津川は、いった。

電話をすませて、ベッドに入ろうとした時、西本の携帯が、鳴った。

「木下ゆかりです」

と、女の声が、いった。

西本の表情が、俄かに、緊張する。

「大丈夫ですか？」

「私は、大丈夫です」

「何処にいるんです？」

と、西本は、きいた。

「今は、いえません」

「どうして？　とにかく、会いたいんですよ。会って話したいんだ」

「出来ないんです」

「じゃあ、何で、電話して来たんです？」

西本は、腹を立てた。こちらが、こんなに心配しているのにという思いが、あったからだった。

「三月二十日が――」

「何です？」

「三月二十日に、気をつけて下さい」

「三月二十日に、何があるんです？」

「わからないんです。とにかく、三月二十日が、心配なんです。お願いします。気をつけて下さい」

「もし、もし」

と、呼びかけたが、もう、電話は、切れてしまっていた。

日下が、西本に向って、

「木下ゆかりからか？」

と、きいた。

「そうだ」

「何だって？」

「三月二十日に、気をつけてくれといっていた」

「三月二十日?」

日下は、手帳を取り出して、カレンダーの部分を見ていたが、

「何なんだ?　その日に、何かあるのか?」

「何もいわなかった。とにかく、三月二十日に、気をつけてくれと、いっていたんだ」

「それじゃあ、何のことかわからないじゃないか。何処を、警戒したらいいのかも、わからんだろう?」

「そうなんだが、おれは、まだ、鹿児島にいる。それを知っていて、かけて来たとすれば、鹿児島の何処かで、何かあるんだろう」

と、西本は、いった。

日下は、ふーんと、鼻を鳴らしていたが、

「君は、今でも、木下ゆかりを、信用しているんだろう?」

と、きいた。

「ああ、信じているんだが――」

「本当に、彼女の言葉が、信じられるのか?」

「どうして、そんなことを、いうんだ?」

「彼女は、君に、嘘をついて、南九州に、呼びつけたんだろう?　見合い話は、嘘だったと、いったじゃないか」

「そうなんだが、彼女の方から、嘘をついて、ごめんなさいと、謝っている」

「もともと、彼女の両親は、田中代議士の後援者だったんだろう？」

「そうだ」

「どうも、信用が、おけないと、思うがねえ。三月二十日に、注意しろというんだって、君を、混乱させようとしているのかも知れない。第一、その日に、何があるかわからないというのが、おかしいじゃないか」

　と、日下は、いう。

「逆にいえば、あいまいだから、信用できるということも出来る」

　と、西本は、いった。

「どういうことだ？」

「最初から、欺そうと思うのなら、おれが、信じるような、もっともらしい嘘をつくんじゃないか。基本的に、三月二十日は、こんなことがあるので、警戒してくれといってだよ。それが、あいまいにしかいえないのは、彼女自身、三月二十日という日付しか、知らないんじゃないか」

「甘いなあ」

　日下は、溜息まじりに、いった。

「甘いかね？」

「ああ。だが、君が、若い証拠だから、尊敬するよ」

と、日下は、いった。

翌日、谷口警部たちに会うと、西本は、

「三月二十日に、この鹿児島で、何かありますか？」

と、きいてみた。

「祭りか、何かですか？」

加藤刑事が、きく。

「何でもいいんですが？」

「早いサクラなら咲くから、何処かで、サクラ祭りがあるかもしれませんね」

と、加藤は、いった。

それぐらいだった。

昼には、二回目のカセットテープが、手に入り、それも、捜査本部で、テレビ画面に映された。田中事務所に出入りする人数が、前日より、四人増えて、十五人になっていた。

増えたのは、全て男だった。

（人数が、増えたら、危険信号だな）

と、いった十津川の言葉を、西本は、思い出した。

一日で、四人増えるのは、危険信号だろうか？

事務所に十四人の男と、一人の女、女性は、多分、事務をやっているのだろう。十四人の男が、いて、何かをしているということが、そもそも、異常なことではないのだろうか。

「田中代議士のパンフレットを配ったり、講演会を廻って歩くなどということは、彼の側近が、二、三人いれば、出来ることですよ。今、田中事務所がそうしたことをしているという話も、伝わって来ません」

と、加藤が、いった。

「今は、事務的なことは、二、三人で、インターネットを利用すれば、出来ますからね」

とも、坂上が、いう。

「十四人もの男たちが、あのビルの中で、何をやっているんですかね？」

日下が、きいた。

「わかりませんが、出入りしていますから、何処かに行き、また、戻って来ているんでしょう」

と、加藤が、いう。どうも、頼りなかった。

「カセットテープを、何回も見た結果、あの事務所には五、六人が、寝泊りしていると思います。それから、出入りする男たちの殆どは、携帯電話を持っているような気がするのです」

と、西本は、いった。

西本と、日下を咎めた二人の男も、あの時、確か、手に、携帯電話を、持っていた筈である。

「常に、連絡を取り合っているということですか？」

谷口警部が、きく。

「そうです。連中は、絶えず、連絡を取り合って行動しているんです。それが、不気味です」

と、西本は、いった。

だが、不気味というだけで、取締るわけにはいかなかった。それに、相手は、政治家の事務所である。家宅捜索など、とんでもないことだった。

三日目、更に、五人が、増えた。

残念ながら、この日で、看板の描きかえは終了してしまって、ビデオカメラによる監視は、不可能になった。

その代りのように、東京の十津川から、電話が、入った。

「二日分のテープを見たよ」

と、十津川は、いってから、

「事務所に出入りする男たちの中で、二人、面白い顔があった」

「どういう男ですか？」

と、西本が、きく。

「星川と、中西という男だ。Rという政治結社の人間で、根っからの政治運動家というのではなく、暴力団あがりだ。金になることなら、別に、主義主張は、関係ない」

と、十津川は、いった。

「そんな政治結社の人間が、なぜ、鹿児島の田中事務所に、いるんでしょう？」

「それは、わからないが、田中代議士が、Rを、利用したことが、あるんじゃないのかね。いわゆる腐れ縁というやつだ」

「それで、また、何かを頼んだということなんですかね？」

と、西本が、きいた。

「そんな感じがするがね」

「Rというのは、過去に、どんなことをやって来ているんですか？」

と、日下が、きいた。

「今も、いったように、金になることとなると、いろいろと、やっているよ。政治的な活動は、ほとんどなくて、有名タレントを脅迫したり、新しく店を開いたスーパーを、ゆすったりしている。街宣車を使ってね。だから、純粋な右翼なんかからは、軽蔑（けいべつ）されているようだ」

「今、Rは、何をしているんですか？」

と、西本は、きいた。

「それが、ある銀行の幹部を脅して、会長が、逮捕され、三ヵ月前に、解散宣言を出しているんだ」

「解散ですか」

「会長は、まだ、刑務所に入っている。ただ、解散宣言は、偽装じゃないかという話は、あったんだ。Rの二人が、そっちへ行ったとすると、解散は、嘘で、何か、企んでいると考えた方がいいようだな」

「しかし、会長が、刑務所だと、Rが、主導権を握って、動くというのではなく、誰かのために、力を貸すという感じがするんですが」

と、西本は、いった。

「多分、そんなところだろう」

「それと、関係があるかも知れませんが、三月二十日を警戒しろという話があるんです」

西本が、いった。

「三月二十日か。何処でだ？」

「はっきりはしませんが、この鹿児島だと、思います」

「間もなくだな」

「そうです」

「誰から聞いた話なんだ？」

「一昨日の夜、突然、木下ゆかりから、電話がありまして、たった一言、三月二十日に注意してくれといって、切ってしまいました」

と、西本は、いった。

「その日に、何があるかもいわずにか？」

「そうです」

「君は、それを、何だと受け取ったんだ？」

「わかりませんが、冗談をいうとは、思えません。三月二十日に、何か、事件が起きる。それを防いでくれと、いったのだと、私は、考えています。いや、考えたいのです」

「つまり、木下ゆかりを、信じたいと、いうわけだな？」

「そうです。日下刑事は、あまり、信用するなと、いっていますが」

「三月二十日か」

「あと、十日足らずです」

「それに合せるように、田中信行事務所の人数が、増え、R結社の二人も、姿を見せているということか？」

「私は、そう感じます」

「彼等の目標も、三月二十日かも知れない。君は、そう考えているんだな？」

十津川は、念を押した。

「そうです」

「しかし、三月二十日に、何があるかは、まだわからないんだろう?」

「残念ながら、わかりません。鹿児島ですから、もう、サクラが咲いていて、サクラ祭りみたいなものが、開催される場所があるのではないか、今、考えられるのは、そのくらいのことです」

「鹿児島県警は、三月二十日について、どう考えているんだ?」

と、十津川が、きいた。

「県警でも、今のところ、その日に大きなイベントは、無いといっています」

「そうか。三月二十日について、何かわかったら、すぐ、知らせてくれ」

と、十津川は、いった。

「東京の殺人事件の方は、どうなっていますか?」

今度は、西本の方から、きいた。

「いぜんとして、平野保が、容疑者の筆頭だが、三上本部長も、今のところ、彼を逮捕しない方針だ。逮捕すれば、そのことが、たちまち、平野知事追い落しに、利用されるのは、明らかだからね」

と、十津川は、いう。

「平野保以外に、三木かえで殺しの容疑者は、浮んでいないんですか？　こちらでも、当の平野知事と、田中陣営の連中が、じっとこの事件の行方を、見つめていると思うのですが」

「そうだろうな。怪文書の続編は、まだ、出て来ないか？」

「まだ、出ていません。発行者も、慎重になっているんじゃありませんか。もし、三木かえで殺しが、田中陣営の策謀だとすると、下手に動くと、それが、ばれてしまう。それを恐れて、慎重になっているんだと思います」

と、西本は、いった。

「慎重なのは、三月二十日が、近づいているからかも知れないぞ」

十津川は、思いついたように、いった。

そうかも知れないと、西本も、思った。問題は、三月二十日に、何があるのかということなのだが。

4

十津川は、電話のあと、三月二十日という日付が、強く、頭に残った。亀井にも、その日付を、伝えた。

「Rの星川と、中西の二人が、鹿児島に行っているというのが、気になりますね」

と、亀井も、いう。

「そうなんだよ。ただ、三月二十日という日付だったら、そんなに気にならないんだが、二人が、鹿児島に現われた上での三月二十日だからね」

「会長の木島は、今、刑務所ですね」

「そうだ。だから、余計に、危険だということも出来る。今までは、木島会長がいて、何とか統制がとれていたが、その重石がなくなって、文字通り、無法のグループになっているかも知れない」

と、十津川は、いった。

「殺人でも、しかねませんか？」

亀井が、思い切ったことを、いう。

「それを、知りたいんだよ」

と、十津川は、いった。

二人は、捜査四課にも、協力して貰って、元Rの人間で、現在、政治から足を洗い、ラーメン店をやっている和田という男を教えて貰い、会いに出かけた。

夫婦でやっている小さな店で、十津川たちが行った時は、仕込みの最中だった。

和田には、店の外に出て貰い、そこで、星川、中西の二人のことについて聞いてみた。

「相変らず、何かやってるんですか？」

と、和田は、笑った。

「何をやろうとしているのか、それを知りたいんだ」

「まだ、やってないんですか」

「二人は、今、鹿児島の田中信行代議士の事務所にいる」

「なぜ、そんな所に？」

「Rは、田中代議士の仕事をしたことがあったかな？」

「ありますよ。田中代議士が、右翼に攻撃されたことがあるんです。その時、向うが、人を介して、Rの木島会長に、その右翼と、話をつけて欲しいと、いって来たんですよ。二年前でしたかね。その時だけじゃないかな」

「では、Rは、田中代議士とは、親交はあったんだ？」

「ええ。それで、星川と、中西が、鹿児島の田中代議士の所に行ったのかな。しかし、何の用だろう？」

「見当がつかない？」

「ちょっと、つかないなあ」

「この二人は、どんな男たちかね？」

「典型的なインテリヤクザだな。おれとは、肌が合わなかった。小理屈をこねるが、根は、完全な暴力男でね。その冷酷さが、嫌だったんだ」

と、和田は、いった。

「殺人でも、やるかな?」

亀井が、きいた。

和田は、笑って、

「二人とも、計算高いから、金額次第だろうね。計算はあるが、心とか、正義とかは、全くないんだ」

「今、会長の木島は、刑務所だ。とすると、木島会長の影響力は、この二人には、及ばないだろうね?」

「そりゃあ、ないね。もう、Rは、バラバラだから、全員が、好き勝手にやってると思うよ。おれみたいに、地道な仕事を始めた奴もいるし、あの二人みたいに、金の匂いのするところなら、何処へでも出かけていく奴もいる」

「二人が、一緒に、鹿児島へ行ったということは、二人で、協力して、何か、ダーティな仕事をしようとしていると見ていいのかね?」

と、十津川が、きいた。

「そうだね。もともと、あの二人は、いつも、一緒につるんでいたからな。ああ、口の悪い奴は、あいつらは、二人で一人前だと軽蔑(けいべつ)してたがね。よく協力してたよ」

和田は、そんないい方をした。

「二年前、田中代議士の要請で、Rの木島会長が、動いたということだが、その時、星川と、中西の二人は、どんな役割りだったんだ？」

と、亀井が、きいた。

「Rと、田中代議士との間の連絡係みたいなことを、二人で、やっていたよ」

「じゃあ、二人は、田中代議士と、その時、会っているんだ？」

「ああ、もちろん、会っているよ。二人が、田中代議士のことを、話してたのを、覚えているからね。政治って、儲かるんだなみたいな話をしていたな」

と、和田は、いった。

「君は、今は、Rとは、全く、縁が切れているのか？　それとも、昔の仲間に、時々、会っているのか？」

十津川が、きく。

「一応、Rは、解散したことになっているからね。昔の仲間が、時たま、ラーメンを食べに来るよ」

「星川と中西の二人は？」

「あの二人は、来ない。今もいったように、昔から、あの二人は、おれのことを、煙たがっていたからね」

「じゃあ、最近の、あの二人の消息は、聞いてなかったわけだね？」

「そうだ。鹿児島行きも、あんたから聞いて、知ったばかりだよ」

「何をしに、鹿児島の田中事務所に行ったたか、何とかして、知りたいんだが、協力して貰えないかね？」

と、十津川は、いった。

「そういう、スパイみたいなことは、気が、進まないね」

「その気持は、わかるが、もし、あの二人が、殺人でも、やったら、Rの名誉に、傷がつくんじゃないのか？　Rは、政治結社として、日本の政治を、良くしようと、してたんだから」

十津川は、賞めあげた。

和田は、「そうだなあ」と、考え込んでいたが、

「あの二人が、殺人をやるというのは、間違いないの？」

と、きいた。

「可能性がある」

と、十津川は、いった。

「狙われるのは、誰なんだ？」

「具体的な名前は、わからないが、狙われるとすれば、政治家だと思っている」

「政治家なら、高い金額が、払われるんだろうね」

「多分ね」

「それなら、引き受けるかも知れないな」

と、和田は、いった。

「もし、そうなら、二人が、どういう気でいるのか、誰を、いつ狙うのか、それを、知りたい。殺人は、どうしても、阻止しなければならないのでね。あんたに、何とか、それを聞き出して貰えないかね？」

「あの二人には、会えないよ。会ったところで、おれには、何も話さないだろうしね」

「もちろん、二人に会ってくれとはいっていない。二人と、親しい人間から、聞いて欲しいんだよ」

「殺人か」

と、和田は、呟いてから、

「わかった。聞き出してみるけど、期待はしないで欲しい。何しろ、おれは、政治とは、無関係になった人間だからね」

「もし、何かわかったら、私に、電話してくれ」

十津川は、名刺を、和田に、渡した。

5

三月二十日が、近づいてくる。

だが、鹿児島にいる西本と、日下の二人も、なかなか、この日に、何があるのか、つかめずにいたし、東京の十津川も、同じだった。

和田も、いっこうに、連絡して来なかった。うまく、星川と、中西の二人の情報が、つかめないのかも知れないし、十津川に約束したが、その気がなくなってしまったのかも知れない。

四日目になると、十津川は、和田に、電話をした。

電話に、和田の妻が、出た。

「和田さんは？」

と、十津川が、きくと、

「昨日から、帰って来ないんです」

と、沈んだ、声で、答える。

十津川は、不安に襲われた。

「連絡も、ないんですか？」

「はい。全く、連絡もありません」

と、彼女は、いう。

「どういうことか、説明してくれませんか？」

「説明してくれといわれても、私にも、いったい、どうなっているのか、全く、わからないんです」

「昨日、何があったんですか？」

十津川は、質問を変えた。

「夜の十時に、店を閉めてから、主人は、人に会ってくると、いって、出かけたんです」

と、いう。

「誰に、会うと、いっていましたか？」

「名前は、いいませんでした。とにかく、大事な用だと、いって、車に乗って、出かけたんです」

「自分の車でですか？」

「ええ。軽トラックです」

「そのまま、帰って来ない？」

「そうなんです。それで、警察に、失踪届を出そうかと、思っているんですけど」

「その前に、私が、探してみます」

と、十津川は、いった。

「どうして、探して下さるんですか？」

「私に、責任があるかも知れないからですよ」

と、十津川は、いった。

和田が、乗って行った軽トラックのナンバーと車種を聞き、彼の写真を、若い刑事に、取りに行かせた。

「私の責任だ」

と、十津川は、亀井に、いった。

「しかし、和田は、中年の男ですよ。それに、政治結社で、働いていた男です。いわば、こわもてしていた人間です。自分を守ることぐらい、当然、出来ると思いますよ」

亀井が、いった。

「だが、彼は、私の頼みを受けて、誰かに、会おうと、考えたんだと思っている。奥さんの話では、和田の知り合いには、連絡したが、誰も、会っていないそうだから」

「それで、どうやって、和田を、探しますか？」

「和田は、多分、星川と、中西の二人のことを調べるつもりだったと思う。私が、それを頼んでいたからね。Rの人間たちですね。とすると、R結社関係の人間に、会うつもりだったと思う」

「Rの人間たちですね。元Rといった方が、いいか」

「Rの構成員の名前は、全部、わかっているから、まず、その一人一人に、当ってみる」

と、十津川は、いった。

和田が、ラーメン店を始めてからの知り合いには、彼の妻が、連絡を取ったと、いっているのだ。

だが、消息は、つかめていない。とすれば、別の世界の知り合いということになってくる。

十津川と、亀井は、元Rの人間たちに、連絡を取っていった。Rが解散したあとも、この世界にとどまっている人間もいれば、和田のように、別の仕事に入った者もいる。

四人目の金井利夫という男が、一つの情報を、持っていた。

金井は、Rが解散したあと、一人で、私立探偵の仕事をしている男だった。

「和田と、一昨日(おととい)会いましたよ」

と、金井は、いった。

一昨日の昼頃、和田から、会いたいという電話を貰(もら)ったので、彼のラーメン店の近くの喫茶店で、会ったのだという。

「半年ぶりだったかな。会ったのは」

「それで、和田さんは、どんな話をしたんです？」

と、十津川は、きいた。

「昔の仲間と、会っているかと聞かれたんですよ。だから、たまには、会っていると、答えましたよ。そしたら、星川と、中西は、どうかと聞かれた」

「それで？」

「あの二人は、相変らず、政治結社Rを、名乗っていて、ほとんど、会ってないと、いいました。その通りでしたからね。それでも、和田は、どうしても、星川と、中西のことを知りたいといってましたね」

「それで、どうなりました？」

「星川と、中西の二人について、知っていると思われる男を、紹介しましたよ」

と、金井は、いった。

「誰です？　それは？」

「その男に、迷惑は、かかりませんか？」

「和田さんに、会ったかどうか、聞くだけですよ」

「私と同じ仕事をしている男です。名前は、皆川敬一郎。神田に、事務所を持っています」

「その皆川さんですが、なぜ、星川と、中西の二人について、詳しいんですか？」

と、亀井が、きいた。

「彼も、政治団体の職員からの転向組でね。今でも、星川たちと、つき合っていると聞いていたからです。私なんかは、一般人からの調査依頼で稼いでいますが、皆川は、主に、

「政治がらみの調査で、稼いでいると、聞いていますよ」

金井は、皆川の事務所の詳しい場所を、教えてくれた。

二人は、すぐ、神田に回った。

神田駅近くのビルの五階に、皆川の探偵事務所があった。が、五階へあがると、閉まっていた。


〈都合により、しばらく休みます。

皆川探偵事務所〉

という札が、入口にかかっていた。

仕方なく、十津川たちは、皆川の住む中央線中野のマンションに、急いだ。

しかし、そのマンションにも、皆川は、いなかった。

「ここ、四、五日、いらっしゃいませんね」

と、管理人は、いう。

「皆川さんの家族は？」

「いらっしゃいません。奥さんとは、別れたと、いっていました」

「旅行かな？」

「さあ、とにかく、急に、姿を見かけなくなったんですよ」

「彼のところに、この人が、訪ねて来たことはありませんか？　昨日の夜だと思うんだが」

十津川は、和田の顔写真を見せて、管理人にきいてみた。

管理人は、じっと、写真を見ていたが、

「私は、見ていませんね」

と、十津川に向って、首を横に振った。

ここで、和田の消息は、途切れてしまった。

十津川の不安は、ますます、大きくなっていった。

しばらくして、和田の軽トラックが、井の頭公園近くで、発見されたが、和田は、乗っていなかった。

第六章　決行の日

1

三月二十日に、何かが、行われようとしている。

それだけは、間違いないと、十津川は、思っていた。

それが、何なのか、わからない。

平野知事の暗殺なのか、それとも、全く、別のことなのか。

とにかく、元Rの星川と、中西の二人が、参加していることは、間違いないのだ。

同じ元Rの人間で、現在、ラーメン店をやっている和田に、接触し、十津川は、星川たちが、いったい、何を計画しているのか、調べて貰いたいと、頼んだ。

その和田は、星川たちの消息に詳しい男、同じく、元Rの皆川という私立探偵をやっている男に、会ったと思われるのだが、足取りは、つかめなくなってしまっている。

井の頭公園の近くで、和田の軽トラックが、発見された。

それは、十津川を、明るくさせずに、かえって、不安にした。彼の身に、何かあったのではないのか。

十津川は、井の頭公園の周辺を、徹底的に捜索させた。

刑事たちは、和田と、皆川の、顔写真を持って、聞き込みも、行った。

その結果、井の頭公園の池の中に沈んでいる和田の死体が、見つかった。十津川の不安が、適中したのだ。

引き揚げられた死体は、池の底にたまったヘドロのために、汚れていた。

十津川は、亀井と、じっとその死体を見つめた。改めて、自分が、死なせたのではないかという思いが、強くなった。

亀井が、それを察して、

「警部の責任じゃありません」

「しかし、政治を離れて、地道な商売を始めていた和田に、無理に、仕事を頼んだのは、私なんだ」

「殺した奴が、悪いんですよ」

と、亀井は、切り捨てるように、いった。

検死官が、死体を調べる。

「背後から、刺されているね」

と、検死官の、中村が、十津川に、いった。

「死んだのは?」

「多分、昨夜おそくだ」

「それ以外には?」

「今のところ、わかっているのは、それだけだよ」

「早く、死体を運んで行って、きれいに、洗ってやってくれ」

と、十津川は、いった。

和田の死体が、運ばれて行ったあと、刑事たちは、また、聞き込みを再開した。

昼過ぎに、一つの収穫があった。

皆川と思われる男を、夜中の午前一時頃、乗せたというタクシーの運転手が、見つかったのだ。

東和タクシーの井原という中年の運転手で、今日の午前一時頃、井の頭公園近くを流していたところ、手をあげた客が、いたのだという。

「四十代後半の男の人でしたよ。乗ってくると、羽田まで、行ってくれといわれたんです」

「この写真の男に、間違いありませんか?」

と、十津川は、皆川の写真を見せて、確認した。

「間違いないと、思いますよ。身長は、一七〇センチくらいで、少し、痩(や)せ気味の男の人でしたよ」

と、井原運転手は、いった。

それなら、間違いないだろう。

「羽田に着いたのは、何時頃です？」

「午前三時頃だと、思います」

その時間に、出発する飛行機はない。とすれば、皆川は、ロビーで、待って、乗ったのだろう。

「多分、鹿児島行だな」

と、十津川は、いった。

鹿児島行の第一便は、午前七時五五分発のＪＡＳ３７１便で、鹿児島には、九時四〇分に着くことになっている。

十津川は、腕時計に、眼をやった。すでに、午後二時を回っているから、とうに、鹿児島に着いているだろう。

「皆川は、鹿児島で、星川たちと、合流するつもりだと思うね」

と、十津川は、いった。

刑事たちが、羽田空港で、聞き込みを行った。

皆川が、鹿児島行のＪＡＳ３７１便に乗ったかどうかの聞き込みである。

空港の警備員が、まず、ロビーにいる皆川と思われる男を見たと、証言した。

「午前四時頃でしたかね。この男の人が、電話をかけているのを、見ましたよ」

と、いう。

「なぜ、彼のことを覚えているんですか？」

と、刑事は、いった。

「ロビーの人間は、少なかったし、それに、こちらを見て、顔を隠すようにしたので、覚えているんです。話しかければ、良かったですかね？」

「それは、いいです」

と、刑事は、いった。

次は、ＪＡＳのカウンターだった。

ここでも、皆川と思われる男が、鹿児島行第一便の航空券を買ったという証言を、得ることが出来た。

やはり、十津川の推測どおり、皆川は、鹿児島に、行ったのだ。

「和田を殺してしまった皆川としては、星川たちと、合流するより他に、道はなかったんだと思うね」

十津川は、亀井に、いった。

家宅捜索の令状を取り、十津川は、神田の皆川の事務所と、中野の自宅マンションを、調べることにした。

　中野のマンションの方は、部下の刑事たちに委せ、十津川と、亀井は、神田の事務所の方に、入った。

　小さな事務所である。

　どこでも、そうだが、この事務所も、殺風景である。

　パソコンがあり、調査報告書の控を入れたキャビネット。それだけだ。

「正確、迅速、安価」と書かれた額が、壁にかかっていた。

「和田は、皆川に会って、どんなことを話したんでしょうね？」

　部屋の中を見廻しながら、亀井が、きく。

「多分、社会を騒がせるようなことは、止めろといったんだと思う。鹿児島にいる星川と、中西にも、注意しろと、いったんじゃないのかな」

　と、十津川は、いった。

「それで、皆川は、和田を刺したということなんでしょうか？」

「前々から、皆川は、星川たちと、親しくしていたんだろう。和田に、二人に注意しろといわれて、気まずくなり、刺したのかも知れない。或いは、星川たちの計画に、賛同していたのか」

　と、十津川は、いった。

「誘われていたのかも知れませんね」

「もし、そうなら、三月二十日について、何か、書き残したものがあるかも知れないぞ」

と、十津川は、いった。

二人は、徹底的に、事務所の中を調べていった。が、三月二十日に関するものは、いっこうに、見つからなかった。

ただ、壁にかかったカレンダーに、ボールペンで、数字が書き込まれているのを、亀井が見つけた。

「〇九九という市外局番は、鹿児島じゃ、ありませんか？」

と、亀井が、目を光らせた。

「そうだ。鹿児島の局番だ。とすると、この電話番号は、星川たちのいる事務所のものかも知れないな」

と、十津川は、いった。

「かけてみましょうか」

と、亀井が、いう。

「相手を、刺戟するなよ」

「わかっています」

亀井は、手袋をはめた手で、事務所の電話をつかんだ。

○九九－二二六－××××と、ボタンを押していく。
相手が、出る。

「田中事務所ですが」

と、女の声が、いった。

「あ、間違えました。申しわけない」

と、亀井は、電話を切ると、十津川に向って、

「やっぱり、田中事務所でした」

「前から、鹿児島の星川たちと、皆川は、連絡を取り合っていたんだと思うね」

「それなら、なぜ、今まで、東京に、残っていたんでしょう？」

と、亀井が、いう。

「東京の情況を、報告していたんじゃないかな。鹿児島の事件については、警視庁のわれわれも調べているからね。星川たちは、われわれの動きも、気になっていたと思うよ」

「それなら、皆川は、完全に、星川たちの味方だったんじゃありませんか。和田が、殺されたのは、自然の勢いだったんですよ」

「まあ、そういえないこともないがね」

「星川たちは、皆川と、しめし合わせていたんじゃありませんかね。東京で、もし、自分たちの計画に反対する人間がいたら、それを知らせろと、いっていたんだと思いますね。

だから、皆川は、和田を殺したんです」

「その計画が、何なのか、知りたいんだがね」

「きっと、平野知事の暗殺計画だと思いますがね」

と、亀井は、いう。

「暗殺計画か。私も、同感だが、その詳細がわからないと、防ぎようがない」

十津川は、難しい顔で、いった。

「三月二十日に、平野知事が、何をすることになっているかが、わかればいいんでしょうが」

「県警の話では、その日、危険なことは、何も企画されていないというんだがね」

と、十津川は、いった。

しかし、その日一日中、平野知事は、何もせずに、寝ているわけでは、ないだろう。

十津川は、鹿児島県庁に電話を入れた。

知事秘書室に、つないで貰う。水野という秘書が出た。

十津川は、自分の身分をいってから、

「三月二十日の平野知事の予定を聞かせて頂きたいのです」

「予定は、ございません」

と、水野秘書が、いった。

「予定がないということは、どういうことですか？」

「実は、前々から、知事が、この日は、公務を休みたいと、いわれているんです」

「なぜですか？　別に、休日じゃないでしょう？」

と、十津川は、きいた。

「実は、知事が、尊敬してやまない、大学時代の恩師の十三回忌に当るのです。それで、どうしても、参列したいとおっしゃっているのです。それで、午前中は、公務を執るが、午後は、その十三回忌に参列したいと」

「それは、何処で、行われるんですか？」

と、十津川は、きいた。

「十三回忌が、行われるのは、指宿の恩師の自宅です。そこで、同じ教え子同士が、集って、歓談するそうで、知事も、それを、楽しみになさっています」

「何という名前ですか？　その恩師は？」

「加納総太郎という、哲学教授です。知事自身、もっとも、影響を受けた人だと、雑誌にも、書いております。十三回忌は午後二時から、今、申しましたように、指宿の自宅で、行われます」

と、水野は、いった。

「何人ぐらい、それには、集まる予定ですか？」

と、十津川は、きいた。

「同窓生が、二十人くらい。それに加納さんの娘さん夫婦と、二十何人かだろうと、知事は、いっています」

「どんな家ですか？」

「指宿のどの辺にあるんですか？」

と、十津川は、聞き直した。

「加納さんが、退職後に、住まわれた家で、海の近くにあります。私も、二度ほどお邪魔したことがありますが、別荘風で、温泉も、引かれてあったと記憶しています」

水野が、説明する。

「近くに、何かありますか？」

と、十津川は、きいた。

「何かといいますと？」

「マンションとか、ホテルとかですが」

と、十津川が、きいた。

「どうも、わかりませんが、何か、ご心配ですか？　ただ、恩師の十三回忌に、知事は、参列するだけのことですが」

電話の向うで、きっと、水野秘書は、首をひねっているに違いない。

「水野さんも、その十三回忌に、参列するんですか?」

「いや、私には、関係ありませんから。知事の私的なことですから、参列はいたしませせん」

と、いう。当り前の話だろう。

「その恩師の家の住所と、電話番号を、教えて頂けませんか」

と、十津川は、いった。

2

十津川は、急遽、亀井と、指宿に行くことにした。

鹿児島にいる西本に委せておけなかったのだ。

空路、鹿児島に着くと、レンタカーを借り、指宿に向った。

わざと、鹿児島県警には、相談しなかった。今回のケースは、平野現知事と、次の知事を狙う田中代議士との対立が、絡んでいるので、県警も、動きにくいだろうと、思ったからである。

鹿児島から、指宿に向う海岸線は、もう、春の盛りだった。

海の色は、さすがに、南国の海の色である。

「三月二十日というのは、平野知事の恩師の十三回忌が、狙いですかね？」

亀井は、レンタカーのトヨタ車を運転しながら、きく。

「多分、そうだろうと、思っている。これから、その恩師の家を見に行くんだが、どんな家なのかが、わかれば、狙われる理由も、わかってくるんじゃないかと、思っている」

と、十津川は、いった。

「別荘風の建物だそうですね」

「秘書は、そういっていたよ。もし、それが、周囲に人家がないということなら、襲撃しやすいことになってくる」

「確かに、そうですが――」

一時間ほどで、車は、指宿に入った。

健康宣言都市の看板や、健康のための温泉のイメージを宣伝する看板が、眼につく。

指宿のホテルは、一ヶ所にかたまらずに、海岸線に沿って、長く、伸びて点在する。

二人は、問題の家の番地を手掛りに、探して、いった。

指宿温泉から、少し離れた丘の上に、その家は建っていた。

国道から外れた登り道を、S字に登っていくと、その途中の造成した場所に、二階建ての白壁の家があった。

周囲に、人家はない。

海が、間近に見えるが、海までの距離は、二百メートル近くは、あるだろう。

水野が、海の近くといったのは、感覚的な距離のことを、いったに違いなかった。

車二台分の駐車場があり、ボルボのライトバンが、とまっていた。

「加納」の表札が、見える。

娘夫婦の家だと、いっていたから、夫は、婿に入ったのだろう。

「家の間取りを見てみたいな」

と、十津川は、呟いた。

「しかし、平野知事が、危険だから、見せて下さいとは、いえませんよ。三月二十日に、平野知事が、ここで襲われるという確証は、ないんですから」

「第一、そんな話は、信用して貰えないだろう」

「どうしますか？」

「この辺で、別荘や、マンションが、売りに出されているという看板があった」

「それは、私も、見ています」

「それでいこう」

と、十津川は、いった。

二人は、車から、降りて、門についているインターホンを鳴らした。

三十代の女性が、二歳ぐらいの女の子を抱いて出て来た。

十津川は、東京の十津川だといい、

「実は、この辺の、温泉つきの家を買いたいと思っているのです。両親が、指宿に住みたいというものですから」

と、切り出した。

「それでこの辺が、住み良いかどうか、実際に、住んでいる方に、お聞きしようと、思いましてね」

「それなら、どうぞ、お入り下さい」

と、女は、あっさり、招じ入れてくれた。

前庭には、芝生が、敷きつめられている。小さな池があり、垣根の傍には、色とりどりの花が、植えられている。

女は、ベランダに、二人を案内し、コーヒーをいれてくれた。

建坪は、一階が、三十五、六坪と、いったところだろう。

同じくらいの広さの二階がついている。

窓が多いので、室内は明るかった。

「とにかく、明るいですねえ。景色が、素晴しい」

と、十津川は、正直に、いった。

「亡くなった父は、まず、景色が気に入って、ここを、買ったんです」

と、女は、微笑した。

「治安の方は、どうです？」

亀井が、きく。

「治安――？」

「警察は、近くにありますか？」

「指宿警察署が、ありますけど」

「遠いんですか？」

「三百メートルくらいですわ。でも、この辺りは、めったに、事件が、起きませんから」

と、女は、いった。

「ここでは、車は、必需品ですね」

十津川が、いう。

「ええ。下まで距離がありますし、坂が、急ですから」

「そうですね。沢山のお客が、一時に、見えたときはどうするんです？」

と、十津川は、きいた。

「うちの車庫には、二台しか入れませんから、そういう時は、タクシーで、来て下さるようにお願いしますし、駅で、待って頂いて、私か、主人が、車で、お迎えにあがることにしていますけど」

「確か、駅前に、タクシーの営業所が、ありましたね」

「ええ。指宿タクシーですわ」

「この上にも、家があるんですか？　道は、もっと上まで、伸びていますが」

「ええ。別荘が、二軒あります」

「もう、売れてしまっていますかね？」

「一軒は、二ヵ月前に売れましたけど、もう一軒は、まだ、売れていないみたいですよ」

と、女は、いった。

「いくらぐらいで、売りに出ているんですかね？」

と、十津川は、きいてみた。

「今は、だいぶお安くなって、五千万円ぐらいだと、思いますけど」

「広さは、おたくぐらいですか？」

「そうだと思いますわ」

「カメさん。行ってみよう」

と、十津川は、いった。

女に、礼をいい、二人は、レンタカーに戻ると、更に、坂道を、登って行った。

突き当りに、左右に分れて、別荘が二軒、建っている。

その片方には、「売物件・温泉つき別荘」の看板が、出ていた。

「加納家は、丁度、この下に当るんだな」

と、十津川は、いった。

看板には、電話番号と、K不動産の名前も、書かれていた。

亀井が、携帯で、そのK不動産に電話をかけ、中を見たいと、告げた。

十五、六分して、社員が、軽自動車で、駈けつけてきた。

十津川が、東京の人間だが、両親のために、この辺りに、別荘を探しているのだと告げた。

K不動産の社員は、満面に笑みを浮べて、

「それなら、この家が、ぴったりです。温泉つきですし、景色も満点。とにかく、ごらんになって下さい」

と、いった。

二人は、社員の案内で、中に入った。

加納家と、造りが、よく似ていた。

二階建で、前面の庭に芝が、植えられている。

十津川は、庭の端まで、歩いて行き、下を見た。

加納家の屋根と、前庭が、見えた。

「いい景色でしょう。これだけでも、何百万かの価値がありますよ」

と、社員は、いった。

「この下の加納さんの家を、さっき、見せて貰ったんですが、感じが、よく似ていますね」

十津川は、振り向いて、社員に、いった。

「そうでしょう。実は、あの家も、以前、うちでお世話したものなんですよ。もう、十五年も前になりますが」

と、社員は、ニッコリした。

「ああ、なるほど」

「敷地が百坪で、そこに、二階建てですから、どうしても、同じ感じになってしまいます」

「部屋の間取りもですか？」

「だいたい、似ています」

と、社員は、いった。

「じゃあ、見せて下さい」

と、十津川は、いった。

K不動産の社員が、中を案内してくれることになった。

居間が広いのは、別荘風ということか。

一階には、温泉がついている。居間から、前庭に向って、広いベランダ。ここで、バーベキューも出来ますと、社員は、いう。

二階にあがる。

亀井が、デジタルカメラで、撮りまくった。

二階のベランダから、十津川は、もう一度、下の加納家を見下した。

ゆるい斜面になっているが、おりられないことは、ないだろう。

直線距離で、百メートルぐらいのものか。

「しばらく、二人で、検討してみたいんですが、構いませんか？」

と、十津川は、きいた。

「もちろん、構いません。私は、車でお待ちしていますから、すみましたら、声をかけて下さい」

と、社員は、いい、外にとめてある車に戻って行った。

二人は、二階のベランダに出て、改めて、眼下の加納家を、眺めた。

「あの家で、三月二十日に、二十人余りの人間が、一緒になるんですね。その中に、平野知事がいる」

亀井が、溜息（ためいき）まじりに、いう。

「そうだよ。平野知事が、ひとりで庭に出て来たら、ここから、狙撃（そげき）することは、可能だ」

と、十津川は、いった。

「狙撃ですか」

「距離約百メートル。狙えない距離じゃない」

「拳銃は、ともかく、ライフルは、入手できるでしょうか？」

亀井が、首をかしげた。

「軍用銃は、無理でも、狩猟用のライフルなら、手に入るだろう。それを使えば、やれないことはない」

と、十津川は、いった。

「連中は、どんな方法で、平野知事を狙いますかね？　ライフルでの狙撃以外に」

亀井が、きく。

「あとは、時限爆弾かな？」

「時限爆弾――ですか？」

「加納家は、夫婦と、幼児の三人暮しだ。それに、買い物をする場所まで、車で、行かなければならない。留守になる時は、多い筈だ。その間に、忍び込んで、爆弾を仕掛けるのは、そんなに難しくはないだろう」

と、十津川は、いった。

「爆弾で、ドカーンですか。何人もの人間が、死にますよ」

「しかし、狙ったのが誰か、あいまいに出来る利点もある」

と、十津川は、いった。

「他には、どんな方法が考えられますか？」

「わからんね。水野秘書の声に似た男に、電話をかけさせる」

「平野知事を呼び出すんですか？」

「そうだ。急用が出来たといい、車で、迎えに行く。そして、車の中で殺す」

と、十津川は、いった。

「しかし、公用車と、よほど秘書に似た人間を使わないと、無理ですね」

「記者に、化けてもいい」

「記者にですか？」

「インタビューを、申し込む」

「しかし、大勢の客がいます」

「だから、庭に出て下さいという。庭に二人だけになったら、隙を見て、刺し殺すか――」

「ここから、拳銃かライフルで、狙撃する――ですか？」

「それなら、平野知事を、一人だけ、庭に連れ出せるからね」

と、十津川は、いった。

どの方法を、連中が選ぶかは、十津川にはわからなかった。

今、十津川が、いった方法以外に、連中は、やり方を、考えているかも知れないのだ。

「指宿に泊って、更に、この周辺を、調べてみよう」

と、十津川は、いった。

3

この日は、指宿のホテルに泊り、翌日、もう一度、別荘を見たくて、K不動産に、電話をかけると、

「惜しいところでした。実はあれから、あの別荘が売れてしまいました」

と、昨日の社員が、嬉しそうに、いった。

「売れた？　買ったのは、誰です？」

十津川が、きいた。

「それは、ちょっと、申し上げられません。そのお客さまが、内密にと、おっしゃっていますので。どうも、申しわけありません」

と、社員は、いい、電話を切ってしまった。

「やられたよ」

十津川は、亀井に向って、舌打ちして見せた。

「買ったのは、連中ですか」

「わからないが、そう考えて、対処した方がいいだろうね」

「そうだとすると、連中が、ますます、あの別荘から、加納家を狙う可能性が、強くなりましたね」

「連中の一人が、たとえ、あの別荘を買ったとしても、それを理由に、逮捕は、出来ないよ」

と、十津川は、いった。

「平野知事に、三月二十日の会合には、出席しないように、忠告するより、仕方がありませんか」

亀井が、いう。

十津川は、考えてから、

「駄目だな」

と、いった。

「なぜです？」

「まず、平野知事を、説得するのが、難しいよ。暗殺計画なんて、絵空事にしか思えないだろうし、証拠もない」

と、十津川は、いった。

「何とか、証拠をつかんで――」

「もし、平野知事が、説得に応じて、三月二十日の会合に出席するのを止めたとしよう。そうなれば、連中は、別の日時に、別の方法で、平野知事を、狙うだろう。そうなると、尚更（なおさら）、防ぐのが、難しくなってしまう」

「それでは、三月二十日は、やらせますか？」

亀井が、眼を光らせて、いう。

「連中に、実行させる。しかし、問題は、どうやって、平野知事の安全を確保し、連中を逮捕できるかだ」

と、十津川は、いった。

二人は、ホテルの最上階にある喫茶室に入り、コーヒーを、注文した。

窓際のテーブルからは、加納家や、その上の別荘が、見える。

亀井がデジタルカメラを取り出し、それをのぞいた。

3インチの画面に、小さく、加納家が映っている。ズームを、大きくしていくと、庭で、あの女が、幼女を抱いて、あやしているのが、見えてきた。

これから、夫が、出勤して行くところらしく、ボルボのライトバンが、家を出て、坂道をゆっくり、おりて行くのが見えた。

亀井は、デジタルカメラを、十津川に、渡した。

十津川は、上の別荘に、レンズを向けた。

別荘の扉は、まだ、閉っている。買った人間は、まだ、住んでいないのか。

三月二十日まで、やって来ないつもりなのかも知れない。

(三月二十日に、平野知事が、あの加納家の会合に行くのを、止めさせることはしないでおこう)

それだけは、決めたのだが、他のことは、まだ、十津川は、どうしていいかわからずにいるのだ。

「三月二十日ですが、加納家で、会合が開かれている間、この周辺を、交通規制したら、どうでしょうか。県警に頼んでです」

と、亀井が、いう。

「それは、出来ない」

と、十津川は、言下に、いった。

「どうしてですか?」

「理由の説明が、出来ないよ。田中陣営が、平野知事の命を狙っているからというのか? 田中陣営が否定したら、それで、終りだ。それに、田中陣営は、少しでも、平野知事の人気を落そうとしている。交通規制なんかしたら、すかさず、知事は、自分のために、警察を動かしたと、非難を浴びせるに、決っている」

「確かに、その怖れは、ありますね」

「だから、軽々しく、県警を動かしたりは、出来ないんだ」

と、十津川は、いった。

「あと、二日しかありません」

「わかっている」

十津川は、怒ったように、いった。

「鹿児島市内の田中事務所に集まっている連中ですが、三月二十日前に、何とか、出来ませんかね？」

亀井が、別の考えを、口にした。

「まず、無理だな。政治家の事務所に、人が集まるのは、当然だからね」

「鹿児島で、殺人事件が、起きています。その捜査ということで、事務所を、捜索できませんか？」

「殺されたのは、田中代議士の個人秘書と、田中代議士に、雇われたと思われる、私立探偵なんだ。容疑が濃いのは、姿を消した木下ゆかりと、小池敏郎の方だ。そっちを探せと、怒鳴られるのがオチだろう」

と、十津川は、いった。

「東京で、和田を殺して逃げた。元Ｒのメンバーの皆川はどうですか？　田中の事務所に逃げ込んだ疑いは、十分にありますよ。彼の事務所のカレンダーに、鹿児島の田中事務所の電話番号が、書いてありましたから。皆川のことを調べる名目で、田中事務所の家宅捜索は、出来るんじゃありませんか？」

と、亀井は、いった。

「確かに、それは、可能だな。皆川を、田中事務所に、かくまっていることは、まず、考えられないがね」

と、十津川も、いった。

「やりますか？」

「やってもいいが――」

十津川は、考え込んだ。

皆川が、見つかるとは、とても思えない。彼を、かくまうとしても、別の場所だろうし、星川と、中西は、皆川との関係を、否定するだろう。

となると、田中事務所に踏み込むことのプラスとは、何だろうか？

事務所に、どんな人間が出入りしているかは、すでにわかっている。全員の写真も、撮っている。

ライフルが、見つかるだろうか？

もし、見つかったとしても、許可証をもっていたら、それを、取り上げることは出来ない。

他に、ダイナマイトでも、見つかる可能性はあるのか？

しかし、爆弾で、平野知事を、吹き飛ばそうと、計画しているのだとしたら、見つかるような所に、ダイナマイトや、プラスチック爆弾は、置いておかないだろう。

「止めよう」

と、十津川は、しばらく、考えてから、亀井に、いった。

「無駄ですか？」

「マイナスの方が多い」

と、十津川は、いった。

その理由を、十津川は、こう、説明した。

「私はね、平野知事の暗殺を防ぎたいのは、もちろんだが、この際、それを計画している連中を、逮捕もしたいんだよ。ただ、三月二十日の計画を中止させるだけでは、いつ、連中がやるだろうかと、ずっと、警戒を続けていなければならない。われわれが、この鹿児島に、貼りついていることは、不可能だし、県警だって、ずっと、警戒していることは、出来っこない」

「確かに、それは、いえますが――」

「だから、連中が、三月二十日に、平野知事を狙ってくれることは、逆にいえば、絶好のチャンスでもあるんだ」

と、十津川は、いった。

「そうですが、もし、平野知事に万一のことがあると、完全に責任問題になりますよ」

「わかっている。が、連中が、狙う場所も、だいたいの見当がついた。何とか、平野知事の安全を、確保して、連中を、逮捕できると、私は期待しているんだがね」

「すると、平野知事には、何も知らせずに、やりますか？」

と、亀井が、きいた。

「知らせたいが、連中に、警戒されるだろう」

「確かに、そうですね」

「とにかく、あと二日だ。その間に、最善の策を、講じたいと思っているんだよ」

と、十津川は、いった。

二人は、ホテルをチェックアウトすると、レンタカーで、鹿児島に、戻った。

西本と、打ち合せるためだった。

三人で、市内のレストランで、昼食をとった。

十津川が、西本に、指宿のことを、話した。加納家のこと、その上にある別荘のこと。

「三月二十日に、連中が、指宿で、事件を起こすことは、間違いないと、私は、思っている」

「すぐ、止めさせましょう。平野知事に、三月二十日の会合に出席するのを止めさせれば、いいんです」

と、西本は、いう。

十津川は、苦笑した。

「それも考えたが、出来ないことが、わかったんだよ。理由は、あとで、説明するが、私としては、三月二十日には、連中に計画を実行させて、逮捕するつもりだ」

「危険ですよ」

「それは、わかっている。カメさんと、その点は、ずいぶん、議論したんだ」

「確かに、逮捕するには、計画を実行させた方がいいとは、思いますが」

「それで、どう対処するかだが――」

と、十津川は、いい、煙草に火をつけた。難しい問題に、入ってくると、どうしても、煙草の本数が、多くなってしまう。

若い西本は、旺盛(おうせい)に、食欲を満たしながら、

「万一の場合は、拳銃(けんじゅう)を使っても、構いませんね」

と、勇ましいことを、いう。

「もちろん、許可する」

「例の私立探偵の皆川ですが、田中事務所に現われた形跡は、ありません」

と、西本は、いった。

「そうだろうな、大事な計画の前なんだ。下手なことをして、警察に調べられるのは、連中も、嫌だろうからね」

「でも、皆川は、この鹿児島に来ていると、思われますか?」

「来ているだろうが、星川たちは、事務所に来ることは、やめさせている筈だ。桜島にでも、行くように、いっているんじゃないかね」

と、十津川は、いった。

「桜島ですか——」

西本の表情が、急に、暗くなった。木下ゆかりのことを、思い出したからに違いない。

「まだ、木下ゆかりも、小池も、見つからないのか?」

と、亀井が、西本に、きいた。

「見つかりません」

「だが、君に電話して来て、三月二十日に気をつけてと、いったんだろう?」

「そうなんです」

「それなら、彼女は、近くにいるんだ。それに、連中の動きを知る立場にいるんじゃないのかね?」

「確かに、そうなんですが、どうしても、居所が、つかめないんです」

西本は、眉をひそめた。

「三月二十日のことを、木下ゆかりは、なぜ、知ったんだろう？」

と、十津川が、首をかしげた。

「田中事務所の連中と、つき合っているんでしょうか？」

と、亀井が、いう。

「しかし、あの事務所に、彼女は、出入りしていませんよ」

西本が、怒ったように、いった。

「怒りなさんな。彼女が、連中の仲間だと、いっているわけじゃない」

と、亀井が、笑った。

「だが、知ってるんだ」

と、十津川が、いった。

そのあと、十津川は、思い出したように、

「田中事務所の青年塾の塾生で、今、タクシーの運転手をしていた青年がいたね」

と、西本に向って、いった。

「尾花泰一という青年です」

「彼は、今、どうしている？」

「田中事務所に、二回ほど、顔を出したのは、確認しています。現在でも、タクシーの運転手をやっていると思いますが、確認は、とっていません」

と、西本は、いった。

「尾花という男が、警部は、気になるんですか？」

亀井が、きく。

「私の勝手な推測なんだがね。木下ゆかりや、小池敏郎も、昔は、田中代議士のところで、働いていたことがあるし、田中の青年塾に、協賛していたんだろう。と、すると、木下ゆかりが、尾花泰一と、親しかったとしても、不思議じゃないじゃないか」

と、十津川は、いった。

「つまり、尾花が、彼女の本当の恋人だったということですか？」

亀井が、首をかしげて、きく。

「私は、可能性を、いってるんだ。尾花は、純粋に、田中代議士に、心酔している。行動派のリーダーみたいなものだ。その上、木下ゆかりを愛していたとする。彼にとって、東京から、やって来て、あれこれ、自分たちに指図する、田中の個人秘書の長谷川は、唾棄すべき存在だったのでは、ないだろうか。その上、彼が木下ゆかりに、ちょっかいを出す。そこで、尾花は、腹を立てて、長谷川を殺してしまった」

「しかし、木下ゆかりの方は、西本刑事を、見合い話で、呼び寄せていますよ」

と、亀井が、いう。

「彼女は、きっと、このままでは、いつか、尾花が、長谷川を殺してしまうのではないかと考え、小池に、相談して、西本刑事を呼び寄せたんだ。間に、現職の、刑事が入ってくれれば、対応も、和らぐと、計算したんじゃないのかな。だが、結局うまくいかなかった。木下ゆかり自身が、自分のそんな計算に、嫌気がさしてしまって、西本刑事に、全て、嘘ですといってしまった。そして、二人の対立は、ますます深くなり、尾花は、長谷川を殺してしまったんじゃないのか」

「私立探偵の浅井豊を殺したのも、尾花だと思われますか？」

と、続けて、亀井が、きく。

「東京の田中代議士は、個人秘書の長谷川が殺されたと聞いて、私立探偵の浅井に、真相を調べて来いと、命じたんだと思う。浅井は、尾花に近づいた。尾花や、木下ゆかりや、小池敏郎たちの近くにだ。そして、真相を知ってしまったために、殺された。浅井が、誰に殺されたかは、私にも、わからない。尾花が殺したのか、或いは、木下ゆかりや、小池敏郎が殺したのかもね。さらに、和田も、殺されてしまった」

「それを、東京の田中代議士が、どう受け取ったかということでしょうね」

と、亀井が、いった。

十津川は、肯いて、

「田中代議士と、その側近が、果して、個人秘書の長谷川が殺された事件について、真相を、つかんだかどうかは、わからない。とにかく、真相を知ろうとして、私立探偵の浅井を雇って、鹿児島へ行かせたが、彼も殺されてしまった。この二つの殺人事件で、田中代議士と、その側近が、危機感に襲われたことは、間違いないと、私は、思っている。平野知事に代って、鹿児島県知事になり、改革は地方から、のスローガンをかかげるつもりだったが、それも、空しくなってしまう。それどころか、長谷川秘書や、浅井の死を追及されて、政治生命まで、危うくなりかねない。そうした、危機感を、持ったと思うのだ。それなのに、平野知事の方は、悠々としている。一人息子の平野保のことで、怪文書を流したが、それも、これといった効果は、あがらなかった。女優の三木かえでを殺し、その責任を、平野保に負わせようとしたのにだ」

「そうなって、連中は、最後の手段を、考えたわけですね」

西本刑事が、いう。

「そう、私は、思っている。田中代議士を、鹿児島県知事にする最後の手段を、連中は、実行に移すことにしたんだ。殺人事件が、連続して起きて、連中の足元が、危なくなってきたからね。それが、三月二十日の平野知事の暗殺計画だと、思っているんだよ。その計画に関わった連中は、元青年塾の人間だけでなく、星川や、中西の手も、借りようとしている。その中に、尾花もいるんだと思う。彼は、きっと、純粋に、田中代議士の教えを信じて、この計画に参加しているんだろう。もちろん、三月二十日の計画も、知っている」

「尾花の口から、三月二十日のことが、恋人の木下ゆかりに、伝わったということになりますね」

　亀井が、いった。

「そう考えると、木下ゆかりが、電話で、西本に、三月二十日に注意するように、伝えてきた理由も、わかってくる。彼女は、尾花と、長谷川の争いを止めさせたかったように、三月二十日の平野知事の暗殺計画も、止めさせようと思っているんだと、私は、考えている」

　十津川が、いうと、西本は、首をかしげて、

「それなら、なぜ、県警に、知らせないんでしょうか？　なぜ、私個人に、電話して来たんでしょうか？」

　と、いった。

「その理由は、二つ考えられるよ。三月二十日に、平野知事が、狙われることは、知っているが、計画の詳細については、彼女は、知らないということが、一つだ」

「もう一つは、どういう理由ですか？」

　と、西本が、きく。

「尾花と、木下ゆかりが、恋人同士だと考えれば、わかる。その尾花は、平野知事暗殺計画に参加しているんだ。だから、彼女の心が、ゆれ動いているのさ。暗殺は、防ぎたいが、

恋人の尾花は、逮捕させたくない」

と、十津川は、いった。

4

三月二十日は、朝から快晴だった。

こういうのを、縁起がいいというのか、それとも悪いと、いうのか。

十津川は、県警の谷口警部には、すでに、三月二十日の計画について、話してあった。

谷口は、困惑を、隠さなかった。

平野知事の暗殺は、もちろん、防がなければならない。

だが、もし、この計画が、架空のものだったら、田中代議士の陣営から、激しい非難を浴びることを、覚悟しなければ、ならないからである。

県警は、この日の平野知事の行動について、しっかりと、つかみ、刻々と、十津川に、教えてくれた。

午前八時四十五分。県庁に出勤。

午前九時より、執務。

「指宿の別荘を買った人間が、わかりました」

と、谷口が、十津川に、電話で、教えてくれた。

「東京の土屋弘という男です。職業は、経営コンサルタントということですが、どんな男なのかは、はっきりしません」

「田中代議士と、どこかで、関係のある男でしょうね」

と、十津川は、いった。

「そうだと思いますが、今のところ、証拠はありません」

と、谷口は、いった。

「それで、土屋という男は、あの別荘に、来ているんですか？」

「昨夜おそく、指宿に着き、別荘に、入っています」

「いよいよ、始めるつもりですね」

と、十津川は、いった。

問題の田中事務所の人間たちだが、昨夜から、一人、二人と、姿を消していくのが、わかった。

多分、さまざまなルート、乗り物を使って、指宿に、向ったのだろう。

十津川たちも、朝早くレンタカーで、指宿に向った。

「加納教授の十三回忌の招待状は、十日前に、参加者に、届いているそうです。もちろん、平野知事にもです」

と、谷口が、電話で、教えてくれた。

十津川は、その招待状のコピーを、手に入れた。

場所は、指宿の加納家。

時間は、三月二十日の午後二時からとなっている。

参加者は、二十人ぐらいと、いうことだった。

午前十一時。加納家に、指宿の町の酒屋から、ビール、酒、ウイスキーが、運び込まれていく。

加納家の妻が、車で、酒の肴（さかな）を買いに出たことも、確認された。

海岸のホテルの山側の部屋をとった県警の刑事が、双眼鏡で、問題の別荘を、早朝から監視した。

その刑事が、携帯電話を使って、状況を、知らせてくる。

「朝八時。別荘には、一人の男の姿しか、見えません。中年の男で、多分別荘を購入した、土屋という男と、思われます。男は、庭に出て、屈伸運動をしています」

「午前十時三十分。別荘のこちら側の窓は、なぜか、全て、厚いカーテンが、下されています。部屋の中の様子を、見られないようにしているのだと、思われます」

「午前十一時三十分。相変らず、土屋と思われる男が、一人で、庭に出ています。部屋のカーテンは、いぜんとして、下りたままです」

「午前十二時。二階の窓で、カーテンの隙間から、何か、キラリと光りました。双眼鏡のレンズが、光ったのだと思われます。部屋の中から、双眼鏡で、周囲を監視しているのではないかと、考えられます」

第七章　最後の花火

1

田中代議士の事務所に集まった人間は、二十人を数えている。

しかし、その二十人、全員が、一斉に、平野知事の暗殺に参加するわけではないだろう。

二十人もの人間が、一時に動いたのでは、暗殺に失敗するに決っているからだ。

その中で、実行犯の中核を形成しているのは、少数の筈（はず）である。

特に、政治家の暗殺といった行動では、少数精鋭の方が、動きやすいし、成功の確率も、高くなってくるだろう。

十津川は、まず、三人の男の名前を、リストに、のせた。

第一は、政治結社Rの星川と、中西の二人である。

この二人は、金さえ積まれれば、どんなことでもやるだろう。

政治信条とは関係なく、冷酷に、平野を殺せるに違いない。大金を貰（もら）えば、である。

もう一人は、尾花である。

尾花は、今も、田中の作った青年塾の教えを、信奉していると思われる。だから、彼は、金のためではなく、政治信条から、平野の暗殺に、走る気なのだ。

十津川が、実行犯として、考えたのは、この三人である。

あとのメンバーは、恐らく、平野知事が死に、田中が、鹿児島県知事になれば、自分たちも、利益を得ると、考えて、この計画に、賛成していると見ていいだろう。

現場近くの別荘を買った経営コンサルタントの土屋という男も、そんな一人に違いない。

「田中が知事になった時に、何らかの利益を約束されているんだと思うね」

と、十津川は、いった。

「どんな利益ですか？」

と、亀井が、きく。

「例えば、県と、民間とが、共同でやる観光事業の理事長か、理事の椅子だよ。第三セクターの、おいしい事業のだ」

「平野知事の下で、冷飯を食わされていた人たちが、知事暗殺に、陰で、協力しているのかも知れませんね」

「それは、大いにあるだろうと思っている。ただ、実行犯は、この三人だと思っているよ」

「皆川敬一郎の役目は、何でしょう？」

と、西本が、きいた。

「皆川か」

「彼は、東京で、和田を殺したと思われます。そして、星川と、中西の二人を頼りに、鹿児島へ逃げたと、考えられます。そして、二人が、皆川を、何処かに匿(かくま)った。殺人容疑者を匿うのは、連中にとって、マイナスなだけでしょう。それなのに、この大事な時に、なぜ、皆川を、匿ったりしたんでしょうか？」

「何か、彼の使い道があるからだろう」

と、十津川は、いった。

「どんな使い道ですか？」

西本が、なおも、きく。

「まさか、皆川に、銃を持たせて、平野知事暗殺の先陣を、切らせる気じゃないでしょうね？」

「それは、ないと思う。皆川という男が、それほど、優秀で、実行力があるのなら、最初から、鹿児島に呼んでいる筈だよ」

と、十津川は、いった。

そんな議論をしている間にも、午後二時が、近づいてくる。

平野が、自宅を出たという知らせが、入った。

恩師の十三回忌に参列するのは、完全な私事ということで、平野は、公用車を使わず、タクシーを、呼んだという。

午後二時少し過ぎに、平野は、加納家に入った。他の参列者も、続々、集まってくる。

海岸のホテルにいる県警の刑事からは、次々に報告が、入ってくる。

「上の別荘の窓で、カーテンの隙間から、ちらりと見えた光るものだが、最初は、双眼鏡か、銃口だと思っていたが、違っていた。高性能の集音マイクです」

「集音マイク？」

「多分、下の加納家で、どんなことが、話されているのか、その会話を聞いているんだと思います」

「平野知事殺害のチャンスを、窺っているんだと思いますね」

と、十津川は、いった。

「我々も、同じような集音マイクを使って、加納家の会話を聞くことは、出来ませんか？」

と、亀井が、きいた。

「無理ですね。このホテルからでは、遠すぎますし、向うのような優秀な集音マイクは、ありません」

と、県警の刑事は、いった。

十津川たちは、一人ずつ、まだ、売却されていない別荘に、入っていった。

こちらからは、加納家は、見えない。そこは、不便だが、犯人からも死角になっているという利点が、あった。

従って、十津川たちの眼になってくれているのは、ホテルに、陣取っている県警の刑事たちということになる。

「今、加納家は、窓のカーテンが閉り、ひっそりと、静かです。十三回忌の最中なんだと思います。このあと、賑やかになるんじゃありませんか」

と、県警の刑事が、十津川の携帯に、連絡してくる。

ビールやウイスキーなども、加納家には、収められているから、陽が落ちてから、酒宴が、始まるのだろう。

犯人が、狙うのは、いつ頃なのだろうか？

今、犯人たちがやっているのは、真上の別荘で、加納家の会話や、音を、集音マイクで、録っていることだけに見える。

「昼間から、狙うことはしないのかな？」

十津川は、首をかしげた。

「連中も、われわれ、警察が、監視していることは、知っていると思います。と、すると、昼間の明るい中から、平野知事を、狙わないでしょう」

と、県警の刑事は、いう。

「平野知事は、今回の十三回忌に、何時頃まで、出席しているんですか？　見当が、つきますか？」

「三回忌と、七回忌の時は、夜おそくまで、出席していますね。夜は、用がある人は、六時頃まで、出席していて帰るようですが、平野さんは、いつも、夜おそくまで出席しています」

「犯人たちも、それを知っていると、思いますか？」

と、十津川は、きいた。

「もちろん、三回忌、七回忌の時のことは知っている筈ですよ」

と、いう答が、返ってきた。

それなら、連中が、狙うのは、夜の暗闇にまぎれてということになるだろう。

陽が、落ちてくる。

別荘の中では、十津川、亀井、西本の三人に、県警の谷口警部と、神木という刑事の五人が、これからの対応について、話し合った。

「私と、亀井刑事が、加納家に、入ります」

と、十津川は、いった。

「谷口さんと、西本刑事、それに、神木刑事は、上の別荘の動きを見張って下さい」

「わかりました」

と、谷口が、いう。

まず、十津川と、亀井が、夕闇にまぎれて、加納家を、訪れた。

出て来た、加納の娘の圭子に、今回は、警察手帳を見せた。

相手は、びっくりした顔になる。前に来たとき、十津川と、亀井は、警察の人間とはいわず、この辺の別荘を買いたいので、参考に、家の造りや、景観を見せて欲しいと、いっていたからである。

「私たちのことは、平野さんたちには、内緒にして下さい」

と、十津川は、小声で、いった。

「それは構いませんが、何かあるんでしょうか？」

と、圭子は、きく。

「それが、予測できなくて、困っているんです。リビングの方は、どんな具合ですか？」

「皆さま、賑やかに、お話をしていらっしゃいます。うちの主人も、一緒ですわ」

「帰った人もいますね」

「はい。お二人だけ、お帰りになって、今、残っていらっしゃるのは、十八人です」

と、圭子は、いった。

十津川と、亀井は、ひそかに、二階にあげて貰(もら)った。

下のリビングからは、楽しそうな話し声が、聞こえてくる。

男たちの歌声も聞こえる。多分、平野知事たちが、卒業した大学の校歌なのだろう。

十津川は、西本の携帯に、電話をかけた。

「どうしている？」

「谷口警部たちと一緒に、例の別荘の裏側に、忍び込んでいます」

と、西本も、押し殺した声で、答える。

「そこの庭から、狙撃する可能性がある。そのことを、頭に入れておいてくれ」

と、十津川は、いって、携帯をきった。

平野が、部屋にいる限り、上の別荘から、狙撃は、出来ない。

「狙撃しようと思えば、この家の庭に平野知事を呼び出す必要がある」

と、十津川は、いった。

「どうやって、呼び出します？」

「考えられるのは、電話だな」

「どんな電話ですか？」

「それが、わからないんだよ。ただ、庭に出てくれといっても、知事は、出ないだろうからね」

「携帯ですかね」

と、亀井が、いう。

「外から、平野知事に電話をかけます。平野知事が、出る。そこで、こういうんです。やかましくて、よく聞こえないと。平野知事は、そこで、部屋の外に出て、話すことになります。庭にですよ」

「なるほどね」

と、十津川は、肯いた。

丁度、二階に上がって来た圭子に、

「平野知事は、携帯を持っていますか？」

「ええ。持っていらっしゃいますけど、今は、駄目ですわ」

「今、駄目というのは、どういうことですか？」

「お忙しい方なので、よく、かかってくるんです。それで、面倒くさくなったのか、スイッチを、オフにして、お酒を、飲んでいらっしゃるんです」

と、圭子は、いった。

彼女が、下におりて行くと、

「携帯では、呼び出せませんね」

と、亀井が、いった。

「と、すると、連中は、他の手を使って、おびき出すよりないわけだ」

「それが、どんな手を使うか、わかると、いいんですが」

と、亀井が、いう。

十津川は、腕時計に、眼をやった。午後八時五分。

三回忌と、七回忌の時は、十時過ぎに、平野知事は、帰ったという。すると、あと二時間である。

階下では、相変らず、賑やかに、パーティーが、続いているようだった。笑い声も、聞こえてくる。

十津川は、二階の窓を開けた。

庭が見える。常夜灯が、庭を明るく、照らしていた。

ここに、平野知事が、出て来たら、上の別荘から、恰好の標的になってしまうだろう。

急に、十津川の携帯が、鳴った。

ホテルの窓から、こちらを監視している県警の刑事からの連絡だった。

「今、リビングのドアが開いて、男が、二人、庭に出て来ます！」

と、その刑事が、怒鳴るように、いった。

十津川は、窓から、下を見た。

なるほど、男が二人、庭に出てくるところだった。

酔いでも、さます気なのか。

十津川は、すぐ、西本に、連絡した。

「男が二人、今、庭に出ようとしている」

「平野知事ですか？」

「わからん。だが、そこの家から、狙撃するチャンスになる」

「わかりました」

と、西本が、肯いた。

午後八時三十分。

男二人が、庭に出て、常夜灯の傍に行き、大きく、伸びをしている。

片方が、煙草をくわえて、火をつけた。

二人とも、十津川には、背を向けた恰好で、海の方に、眼をやっている。

一人が、左手を腰に回した。

その手首の腕時計が、青白く光っている。

電池が、光らせているのだ。男は、もう一方の手で、腕時計のボタンを押している。

発光ダイオードの青白い光。

夜の中では、はっきりと、輝いて、見えるだろう。

「危ないぞ！」

十津川は、叫ぶと、二階の窓から、庭に飛びおりた。

続いて、亀井が、飛びおりる。

相変らず、二人の男の片方は、背中に廻(まわ)した手で、腕時計を、青白く光らせている。

「平野知事！」

と、十津川が、声をかける。

もう片方の男が、振り返った。その男の方に、亀井が、いきなり飛びついた。

二人が、地面に転がった瞬間、銃声と共に、地面の土が、はじけ飛んだ。

上の別荘が、急に、騒がしくなった。

銃声が、聞こえた。

一発、二発。それが、急に、止んで、静かになった。

十津川の携帯が、鳴る。

「平野知事は、無事ですか？」

と、西本が、きく。

「ああ、大丈夫だ」

「こちらでは、狙撃した男を、逮捕しました。星川と中西の二人です。別荘の庭から、知事を、狙って、撃ったんです」

「銃声が、二発聞こえたが」

「抵抗したんですが、こちらに、被害は、ありません」

「二人を逮捕したのか？」

「県警が、逮捕しました」

「了解した」

十津川が、電話を切ると、平野知事が、彼に向って、

「何なのかね？　これは」

と、背広の土埃り(つちぼこ)を払いながら、きく。

「あなたが、狙われたんです」

「誰にだね？」

「もう、部屋に入ろうじゃないか」

と、平野の友人が、声をかけた。

十津川は、その男を、じろりと、睨(にら)んだ。

「あなたの名前は？」

「川辺です。平野とは、大学の同窓です」

と、男は、微笑した。

「あなただけ、ちょっと、残ってくれませんか。お聞きしたいことがありますから」

「何をです？」

「とにかく、残って下さい」

十津川は、亀井に、眼くばせした。

亀井が、平野を連れて、リビングルームに、戻って行った。

残った川辺は、不安げな表情で、

「私も、部屋に戻った方が、いいんじゃありませんかね」

「どうしてです？」

「また、狙われるからですよ」

「いや、あなたは、大丈夫だ。連中が、狙っているのは、平野知事だけです」

十津川は、落ち着いて、いった。

「そんなこと、どうして、わかるんです？　私も、狙われたのかも知れないでしょう？」

「失礼ですが、川辺さんは、何をしていらっしゃるんですか？」

「なぜ、そんなことを、聞くんです？」

「参考までに、聞いているんですが、答えにくいのなら、構いませんよ」

「市内で、建築の仕事をやっています」

「鹿児島の市内で？」

「そうですよ」

「どうして、平野知事は、庭に出て来られたんですか？」

「酔いざましですよ。つい、飲み過ぎましてね」

「どちらが、誘ったんですか？」

「もちろん、彼の方が、誘ったんです。赤い顔でね。酔いをさましに、庭に出ちゃいけないんですか？　彼が狙われるなんて、考えもしなかったんです。嘘じゃない！」

と、川辺は、急に、声を荒らげた。

「腕時計を、見せて、貰えませんか」

十津川が、いうと、川辺は、険しい表情になった。

「ただの安物の腕時計ですよ。どこにでも、売っている」

「いいから、見せて下さい」

十津川は、命令口調で、いった。

川辺は、仕方がないというように、左腕にはめた腕時計を外して、十津川に、渡した。

「なるほど。発光ダイオードで、このボタンを押すと、文字盤が、青白く、光るんですね」

「それが、どうしたんです？　欲しかったら、差しあげますよ」

と、川辺は、いう。

「さっき、あなたは、両手を背後に廻して、ずっと、文字盤を、光らせていましたね」

「そうですか？　気が付きませんでしたよ」

川辺は、しらっとした顔で、いった。

「ボタンをずっと押していましたよ。それを、気が付かなかったというのは、おかしいな」

十津川は、じろりと、川辺を見た。

「無意識に、押してたんでしょう」

「八時三十分」

「え？　何のことです？」

「時刻ですよ。八時三十分になったら、平野知事を、庭に連れ出すことになっていたんでしょう？」

「何のことか、わかりませんが——」

「この上の別荘で、星川と、中西の二人が、ライフルで狙っていた。ターゲットは、平野知事だ。あなたは、八時三十分に、酔いをさまそうと、知事を庭に、連れ出して、この上から、狙撃する。ただ、あなたと知事は、背恰好(かっこう)が似ているので、間違うといけない。そこで、あなたは、両手を背中に廻して、腕時計の文字盤を、青白く光らせる約束にしておいた。そうじゃありませんか？」

「とんでもない。私は、平野君の友だちなんですよ。大学の同窓で、ずっと、親しくつき合って来たんだ。私が、彼の死を願う筈(はず)がないでしょう！」

「私が、想像するに、あなたは、建築会社の社長だ。県の仕事を、廻して貰おうと思ったが、平野知事は、その点潔癖で、知り合いだからといって、県の土木事業を、あなたに廻すことをしなかった。その点、田中代議士は、平野知事を排除するのに協力してくれたら、県の仕事を、廻すと、約束したんじゃありませんか？」

「バカバカしい」

「バカバカしくはないでしょう。自分の利益のために、友人を売るなんてことは、珍しいことじゃありませんからね。とにかく、署まで、来て貰いますよ」

と、十津川は、いった。

2

川辺を連れて、リビングに戻ると、平野知事が、消えていた。

「知事は？」

と、十津川は、亀井に、きいた。

亀井が、答えるより先に、圭子が、

「ここにいらしては、危ないと思って、すぐ帰って頂くことにして、知事のいうとおり、タクシーを呼びました」

「それに、乗せたんですか？」

十津川は、咎めるように、きいた。

それに対して、亀井が、

「運転手の顔は、ちゃんと、確認しましたよ。尾花じゃありませんから、安心して下さい」

「間違いないんだね？」

「そうです。尾花じゃありません。指宿タクシーの２８９号車で、運転手は、金子良一という五十代の男です」

と、亀井は、いった。

それでも、十津川の不安は、消えなかった。

加納家の上の別荘からの狙撃は、考えていたことで、それは、防ぐことが、出来た。

（これで、終りなのだろうか？）

という疑問が、十津川には、ある。

何しろ、県知事を、暗殺する計画なのだ。

第一陣が、失敗したら、二陣、三陣の備えがあるのではないのか？

十津川は、指宿タクシーの番号を、圭子に聞き、電話をかけた。

配車係の鈴木という男が、電話口に出た。

「２８９号車の金子良一という運転手を、無線で呼び出してくれませんか」

と、十津川は、いった。

「金子君が、何かしましたか？」

「とにかく、呼び出して貰えばいいんです。待っていますから、連絡がついたらすぐ、こちらに教えて下さい。急ぐんです！」

と、十津川は、大声を出した。

電話は、つないだままにしておいた。

すぐ、鈴木の声が、電話に飛び込んできた。

「いくら、呼びかけても、金子君が、出ないんですよ」

と、鈴木が、いう。

「そちらに、尾花という運転手は、いませんか？」

「尾花？　三日前に、雇った運転手ですが、彼が、どうかしたんですか？」

「今、どこにいます？」

「営業中ですが」

「車のナンバーは？」

「２８６号車ですが――」

「呼び出して下さい！　大急ぎで」

十津川は、また、怒鳴った。

「今、呼んでいます。おかしいな。彼も、応答しませんね」

「くそ！」

と、十津川は、舌打ちした。

「タクシーの運転手同士は、会話が出来るんですか？」

「出来ますが、一応、ここの指令室を通して、することになっています」

「286号車の尾花運転手が、289号車の金子運転手に、何か、連絡したことは、ありませんか？　ここ十五分以内にです」

「ちょっと、待って下さい。担当者に聞いてみますから」

「早くして下さい！」

「わかりました。十二、三分前に、286号車の尾花から、289号車の金子に、連絡したそうです」

と、配車係の鈴木が、いう。

「連絡の内容は？」

「そちらのお客が、加納家に忘れ物をした。こちらが、それを預かったので、ホテルDの前で渡したいという伝言です」

「ホテルDですね？」

「そうです」

と、鈴木が、答えた。

「カメさん、ホテルDだ！」

と、十津川は、怒鳴った。

県警の谷口警部にも、携帯で伝え、二人は、レンタカーで、海岸のホテル街に、急いだ。

ホテルDの近くまで来ると、指宿タクシーの一台が、とまっているのが、眼についた。

こちらの車を横付けして、運転席をのぞき込むと、運転手が、倒れているのが、見えた。

タクシーのナンバーは、289号車である。

尾花は、平野知事の忘れ物を届けたいといって、ここで、金子運転手のタクシーと待ち合わせ、いきなり、金子の後頭部を、スパナか何かで、殴りつけ、知事を、自分の車に移して、消えたのだろう。

谷口警部のパトカーが、駈けつけた。

十津川が、事情を話す。谷口の顔も、青ざめた。

彼が、指令室に連絡し、全パトカーに、指宿タクシーの286号車の発見に、全力を、あげるように、指示した。

すでに、午後九時を廻っている。

十津川と、亀井は、西本も乗せて、レンタカーで、海岸通りを、走らせた。

「私の失敗でした」

と、亀井が、繰り返した。

「そんなことはないよ」

「しかし、平野知事が、タクシーを呼んでくれといった時、反対すべきでした」

「仕方がないさ。知事のいうことに、反対は、難しいよ。特に、われわれは、ここでは、他所者(よそもの)だからね」

と、十津川は、いった。

平野知事を乗せたと思われるタクシー286号車は、なかなか、見つからなかった。

海岸通りを、県警のパトカーが、走り廻っている。

だが、見つかったという報告は、入って来ない。

「平野知事を連れて行ったのは、尾花でしょう。田中代議士の洗脳を受けたような男でしょうから、もう殺されてしまっているんじゃありませんか？」

と、西本が、いう。

「私は、まだ、殺されていないと思っている」

と、十津川は、いった。

「なぜですか？」

「もし、一刻も早く、殺したかったのなら、ホテルDの前で、出会った時、金子運転手を殴るだけでなく、平野知事も、その場で、殺しているんじゃないかと、思うんだよ。尾花は、わざわざ、平野知事を自分のタクシーに乗せている。きっと、何処かに、連れていくつもりなんじゃないかね」

と、十津川は、いった。

「まさか、ボスの田中代議士のところじゃないでしょう？　田中代議士は、東京にいるんですから」

西本は、首をかしげた。

「カメさんは、どう思うね？」

と、十津川は、亀井に、きいた。

「私にも、わかりませんが、尾花は、平野知事を、何処かに連れて行って、そこで、殺すつもりだと、思います。その理由は、わかりませんが」

と、亀井は、いう。

「犯人のところに連れて行く気なんじゃないかな？」

十津川が、考えてから、いった。

「犯人は、尾花ですよ」

「わかっている。だから、犯人にする人間のところへだよ。尾花は、前もって、犯人を用意しておいて、そこで、知事を殺すことを考えているんじゃないのかね。そうでなければ、もう、とっくに、殺している筈だ」

「ホテルDの近くでですね？」

「そうだよ」

「犯人にする人間というのは、誰のことですか?」

と、西本が、きいた。

「例えば、皆川だよ」

「皆川敬一郎ですか?」

「そうだ。厄介者の皆川を、連中が、受け入れて、何処かへ匿った。なぜ、そんなことをしたのか、疑問だったじゃないか。もし、皆川を、平野知事殺しの犯人に仕立てるつもりで、匿っているとすれば、納得がいくんだよ」

と、十津川は、いった。

「尾花は、そこへ、平野知事を、連れて行くつもりでしょうか?」

「それに、木下ゆかりと、小池のことがある」

と、十津川は、いった。

西本が、青い顔になった。

「彼女を、どうする気だとお考えですか?」

「木下ゆかりと、小池も、田中代議士の陣営にとって、面倒な存在だと思うのだ。そして、尾花は、二人の行方を知っていると、私は、思っている」

「それは、木下ゆかりが、尾花の恋人だという前提に立つことでしょう。違うかも知れませんよ」

と、西本は、いった。

（この男は、本気で、木下ゆかりに、惚れてしまっているらしい）

と、十津川は、思いながら、

「彼女は、君に、三月二十日に気をつけてと、電話して来たんだ。彼女が、連中と親しいという何よりの証拠だよ。考えられるのは、尾花が、彼女の恋人だということだ。或いは、恋人だったということだ。そのくせ、彼女は、連中の計画に反対だった。だから、君に電話で、三月二十日のことを、知らせて、来たんだよ。とすると、彼女と、小池敏郎は、尾花の知っている場所なり、ホテルなりに、隠れているんじゃないかな」

「尾花は、平野知事を、殺して、皆川を、犯人に仕立てる気でいる。それと一緒に、木下ゆかりと、小池さんも、始末してしまうだろうと、いうわけですか？」

西本が、青い顔のまま、きいた。

「私は、そう思っている。尾花という男が、純粋に、田中代議士を信じていればいるほど、この際、邪魔になる人間は、全て、始末しようと、考えると、思うのだよ。それは、田中代議士を、少しでも、有利な立場に置いておきたいからだと思う」

と、十津川は、いった。

「忠実な田中代議士の下僕というわけですか？」

「だから、怖いんだよ」

と、十津川は、いった。が、その尾花の行先が、わからないでは、どうすることも、出来ないのだ。

（とにかく、皆川、小池、それに木下ゆかりの三人が、隠れている場所なのだ）

と、十津川は、自分に、いい聞かせた。

十津川たちが、その場所を、探している間、県警は、別荘で逮捕した星川と、中西の二人に対して、厳しい訊問をしていた。

「尾花が、平野知事を、どこへ連れ去ったか、教えるんだ」

と、刑事が、いうと、星川は、ニヤッと笑って、

「あいつらは、おれたちとは、考えも、やり方も違うからね。どうやって、知事を連れて行ったのかも、どうするつもりなのかも、全く知らないよ」

「しかし、君たちは、田中代議士の事務所で、一緒にいたんだろう。平野知事の暗殺計画も、一緒に立てた筈だ」

「暗殺？　何のことだ？」

「ライフルで、加納家の庭に出て来た知事を、撃ったじゃないか」

「あれは、カラスを撃ったんだ。カラスがうるさくて、眠れないからね」

と、星川は、とぼけたことを、いう。

「カラスなんか、一羽もいなかったぞ。八時三十分という時刻をしめし合せて、建築会社社長の川辺が、知事を、庭に連れ出し、君たち二人が、上の別荘から、狙撃する計画だったことは、川辺が、自供しているんだよ」

「わかってるんなら、おれたちに聞くことは、ないだろう」

「今、尾花が、知事を連れ去っている。もし知事が殺されたら、君たちも、殺人の共犯になるんだ。そうなりたくなければ、尾花が、知事をどこへ連れて行ったか、いうんだ！」

「知らないよ」

「そんな筈はないだろう！」

「あいつらとは、考え方が、違うんだよ。主義が、違うんだ。殺すにも、いちいち理屈をつけてやがる。それが、気に食わなかったんだ」

「じゃあ、尾花たちとは、仲が、悪かったのか？」

「おれたちのやることには、邪魔するなと、いっておいた。その代り、尾花たちのやることにも、文句は、いわない。だから、何も知らないんだよ」

と、星川が、いい、中西も、肯く。

「知らないことのために、殺人の共犯にされてもいいのか。すでに、尾花は、誘拐の罪を犯している。もし、知事を殺せば、誘拐殺人で、間違いなく、死刑だ。共犯の君たちもだ」

「やめてくれよ。おれたちと、奴とは、関係ないんだ」

「だが、このままなら、共犯だ。いや、主犯は君たちということになるな。最初に、知事を狙撃したんだからな」

「冗談じゃない」

「主犯にされたくなかったら、尾花が、知事を、何処へ連れて行ったか、話すんだ。知事が、死んでからでは、遅いぞ」

「知らないものは、知らないんだよ」

「尾花が、君たちに相談せずに、勝手に、計画を練っていたということか？」

「ああ、そうだ。まず、おれたちがやり、それが失敗したら、尾花がやる。決っていたのは、それだけなんだ」

　と、中西が、いった。

「尾花と、話したことは？」

「殆（ほとん）どない。やたらに、自分は、田中陣営のエリートと自慢する奴でね。話が、合わなかったよ」

「尾花は、田中代議士の作った青年塾に通っていた。そのことは、知っているね？」

「知ってるよ。何かというと、その話だからな」

　と、星川は、いった。

「その話しかしないのか？」

「ああ。青年塾に行ったことが、彼の人生そのものなんだろうね。おれたちにすれば、そんな昔話が、どうして、自慢になるのか、わからないんだがね」

と、星川は、いった。

そんな取り止めのない訊問のことも、電話で、谷口警部や、十津川たちに、知らされた。

十津川は、この訊問の模様に、こだわった。

「これをどう思うね？」

と、十津川は、亀井と、西本の二人に、きいた。

「星川と中西は、金目的で、平野知事の暗殺を引き受けたんでしょうが、尾花の方は、純粋だということでしょう。尾花は、本気で、現知事を殺せば、いい世の中になると、信じているんじゃありませんか」

西本が、いう。

「そのことじゃないんだ。尾花が、田中代議士の主宰していた青年塾にいたことを、自分の人生の中核だと、信じていることだよ」

「ええ、それも、わかりますが――」

「多分、尾花は、時々、昔の青年塾の建物を見に行っていたんじゃないかね？」

「そうですよ」

と、亀井が、大きく、肯いて、

「そこへ、平野知事を連れて行った可能性がありますね」

「小池と、木下ゆかりも、そこに、隠れている可能性がある」

「青年塾といえば、木下ゆかりの両親が、自分の別荘を、提供していたものです」

と、西本は、いった。

「場所は、知っているな？」

「はい。一度、行きました」

「よし、そこへ行ってみよう」

と、十津川は、いった。

3

海の見える場所に、その建物が、あった。

和風の建物で、今は、ひっそりと、静まり返っている。

十津川たちは、離れた場所で、車を止め、歩いて、建物に近づいて行った。

「明りがついています」

と、西本が、緊張した声を出した。

「そんなことは、見えているよ」

亀井が、叱るように、いった。

三人は、気付かれないように、忍び足で、近づいた。管理人夫婦の姿はない。多分、追い出されたのだろう。

「裏手に、タクシーが、とまっています」

と、亀井が、十津川に、いった。

なるほど、タクシーが、一台とまっている。ただ、明りが消えているので、指宿タクシーの286号車かどうか、もっと、近づくまで、わからなかった。

タクシーの傍まで行って、やっと、指宿タクシーの286号車と、わかった。

改めて、三人の刑事の顔に、緊張の色が、走った。

十津川は、内ポケットから、拳銃を取り出して、そっと、安全装置を外した。

亀井と、西本も、同じことをした。

西本を、玄関に廻し、十津川と、亀井は、裏手から、建物を、のぞき込んだ。

一階には、明りがついていなくて、二階にだけ明りがついている。

十津川と、亀井は、勝手口の錠を外して、ドアを開けて、中に入った。

二階から、話し声が、聞こえてくる。

「僕は、お願いしているんです。今度の知事選を辞退して頂きたい。理由は、何とでも、つけられるでしょう。それを約束してくれたら、僕は、あなたを殺さなくても、すむんです」

若い男の声だった。

多分、尾花だろう。

「私を、脅すのかね？」

と、中年の男の声がいう。

こちらは、平野知事の声らしかった。

「脅かしてなんかいません。僕は、お願いしているんです。今度の知事選を、辞退して下さい、と」

「君の仲間は、銃で、私を殺そうとしたんだよ。ただ、お願いしますといわれても、素直には聞けないだろう。第一、私には、後援会の人たちがいる。勝手に、辞退することは、出来ないんだよ。君は、田中さんが、好きなんだろう？」

「尊敬しています」

「その君に、私が、今度の知事選に、田中さんは出ないで欲しいといったら、君は、田中さんに、辞退させるかね？」

平野知事の声は、落ち着いていた。とにかく、相手を説得することに、全力をつくしている感じがした。

十津川と、亀井は、西本を下に残して、じわじわと、階段をあがって行く。

二人の会話の声が、だんだん、大きく聞こえてくる。

「僕は、鹿児島県知事には、田中先生の方が、あなたより、ふさわしいと思っているんです。田中先生は、地方からの革新を唱えて、いずれ、日本の政治を、変えようとなさっているんです。その田中先生に、知事の椅子を与えて下さい」

「それなら、田中さんが、次の選挙で、勝てばいい。堂々と戦って、知事になった方が、妙な手段を使って、知事になるよりも、何倍か、政治のために良いんじゃないかね？」

と、平野知事が、いう。

何とか、尾花を説得しようしているのが、わかる。

だが、尾花の声は、次第に、冷静さを、失っていくような感じだった。

「どうしても、駄目だというんですか？　どうしても、今度の知事選に、お出になるんですか？」

「今もいったように、私は、正々堂々と、戦いたいのですよ。それで、敗れたら、いさぎよく、身を引く。それは、約束しますよ」

「交渉決裂と、考えていいですか？」

「これが、交渉とは、とても、考えられないね。脅しだ。私は、政治家になるとき、どんな脅迫にも、絶対に屈しまいと、自分に誓ったのだ。それを破ることは、出来ないのですよ」

と、平野が、いう。

「駄目だ。僕が、頼んでいるのに、あなたはわかってくれない。殺すより仕方がありません。日本のためです」

「落ち着きたまえ！」

と、知事が、大声を出した。

「僕は、落ち着いている。落ち着いて、結論を出したんだ！」

尾花が、叫ぶように、いう。

それと、同時に、十津川と、亀井が、階段の一番上の段から、二階の部屋に、飛び込んで行った。

障子を、蹴破って、突進する。

尾花が、ナイフを手に持っていた。平野知事の方は、椅子に座らされ、手錠をかけられている。

尾花が、ぎょっとして、振り向いた。

その尾花に向って、十津川と、亀井が、拳銃を向けた。

「ナイフを、捨てるんだ！」

と、十津川が、尾花に向って、怒鳴った。

「止めて！」

と、奥の部屋から、飛び出してきた、若い女も、尾花に向って、叫ぶ。

だが、尾花は、紅潮した顔で、ナイフを振りかざし、椅子に座っている平野知事に、襲いかかった。

瞬間。

亀井の拳銃が、火を吹いた。

閃光(せんこう)が走り、発射音が生れ、尾花の身体が、じゅうたんの上に、転倒した。

呻(うめ)き声がもれる。

若い女が、声にならない悲鳴をあげて、倒れた尾花に、すがりついた。

その顔は、木下ゆかりだった。

倒れた尾花の身体からは、血が流れ出す。十津川は、階下に向って、

「救急車を呼べ！」

と、西本に、伝えた。

「どうして、撃ったんですか？」

木下ゆかりが、きっとした顔で、亀井を睨(にら)んだ。

「私が、撃たなければ、彼は、平野知事を、殺していましたよ」

と、亀井が、重い口調で、いった。

十津川は、平野知事の手錠を外し、

「すぐ、県警に、来て貰(もら)います」

と、いい、携帯を、取り出した。

西本は、下で、救急車を呼んでから、二階に、あがって来た。

そこに、木下ゆかりを、発見して、西本は、眼を大きくした。

その眼が、なぜ、君がここにと、質問している。

ゆかりの方は、ちらりと、西本を見ただけで、必死に、ハンカチで、尾花の傷口を、押さえていた。

県警のパトカーと、救急車が、ほとんど、同時に、到着した。

十津川は、顔を見せた県警の谷口警部に、簡単に事情を説明し、右腕を撃たれた尾花を、救急車に乗せることにした。

県警の刑事と、木下ゆかりが、同じ救急車に、乗って行った。

平野知事は、谷口警部のパトカーで、自宅に、送ることになった。

奥の部屋には、小池敏郎が、寝ていた。昨日から、熱が出ているのだと、いう。

彼の話で、この家に、皆川敬一郎が、いたことも、わかった。

皆川は、ここに、匿(かくま)われていたのだ。

「昨日の夜、急に、逃げ出すように、いなくなったんです」

と、小池は、十津川に、いった。

（気がついたんだな）

と、十津川は、思った。

連中は、皆川を、犯人に仕立てあげることを考えていたに違いない。それを考えたのが、尾花なのか、星川たちかわからないが、皆川は、そのことを感じ取って、逃げ出したに違いない。しかし、和田殺しの容疑で、すぐに逮捕されるだろう。

平野知事の暗殺計画は、これで、一応、解決した。

県警と、十津川たちが、協力して逮捕した人間は、次の通りだった。

ライフルで、知事を狙撃した星川と、中西。

知事を誘拐し、ナイフで刺そうとした尾花。

別荘を買った土屋。

八時三十分に、知事を庭に連れ出した川辺。

他に、十七人を、仲間として、逮捕した。その中には、渋谷のマンションで、三木かえでを絞殺した者も、含まれていた。

だが、田中代議士は、事情を聞かれただけで、逮捕はされなかった。

田中代議士が、連中に、平野知事の殺害を指示したという証拠はなかったし、逮捕された連中は、自分たちが、勝手にやったことだと、証言したからである。

田中代議士は、魅力的な、人物なのだろう。

木下ゆかりの親も、小池敏郎も、私財を、なげうったのだ。

尾花は、地元の病院で、手術を受けたあと、改めて、誘拐と、殺人未遂、傷害で、逮捕された。

木下ゆかりは、その直後に、また、姿を消してしまった。

そのことについて、小池が、十津川に、話した。

「彼女は、探さないで欲しいといっていました」

「それは、西本刑事への伝言ですか？」

と、十津川は、きいた。

「かも知れません。あの家にいる間、結果的に、西本刑事を欺（だま）すことになって、申しわけなかったといっていましたから」

「田中代議士秘書の長谷川浩と、私立探偵の浅井豊を殺したのは、誰なんです？　もし、木下ゆかりなら、あくまで、追いかけますよ」

と、十津川は、いった。

「二人を殺したのは、彼女じゃありません」

「あなたですか？」

「私は、二人とも、殺してやりたいと思いましたがね。残念ながら、私じゃありません」

と、小池は、いった。

十津川は、改めて、尾花を、訊問した。

彼は、あっさりと、二人を殺したことを、認めた。

「長谷川には、前から、腹が立っていたんです。田中先生のことは、自分がよく知っているという顔で、僕たちに、あれこれ、命令してましたからね。田中先生のためにもならないと思って、桜島へ行く連絡船の中で、殺したんです」

「木下ゆかりに、彼が、ちょっかいを出していたので、嫉妬の感情もあったんじゃないのか？」

と、十津川が、きくと、尾花は、苦い表情になって、

「ヤキモチですか。あったかも知れません」

「私立探偵の浅井豊は、どうして殺したんだ？」

「彼女を、指宿まで、追っかけて来て、あれこれ、探っていた。浅井は、彼女が、長谷川を、殺したと、思っていたんだと思う。蠅みたいにうるさかったから、殺した」

と、尾花は、いった。

尾花は、殺人容疑でも、再逮捕された。

その後、木下ゆかりが、何処へ消えたか、わからない。

平野知事は、多分、再選されるだろう。

この作品はフィクションであり、作中に登場する人物、団体、場所等は実在のものと関係ありません。

本書は、次の作品を改版したものです。
『南九州殺人迷路』　ノベルス版　一九九九年一〇月刊　C★NOVELS
　　　　　　　　　文庫版　　　二〇〇二年一二月刊　中公文庫

中公文庫

南九州殺人迷路(みなみきゅうしゅうさつじんめいろ)
——新装版(しんそうばん)

2002年12月20日　初版発行
2021年5月25日　改版発行

著　者　西村京太郎(にしむらきょうたろう)

発行者　松田陽三

発行所　中央公論新社
〒100-8152　東京都千代田区大手町1-7-1
電話　販売 03-5299-1730　編集 03-5299-1890
URL http://www.chuko.co.jp/

DTP　ハンズ・ミケ
印　刷　三晃印刷
製　本　小泉製本

©2002 Kyotaro NISHIMURA
Published by CHUOKORON-SHINSHA, INC.
Printed in Japan　ISBN978-4-12-207069-1 C1193

定価はカバーに表示してあります。落丁本・乱丁本はお手数ですが小社販売部宛お送り下さい。送料小社負担にてお取り替えいたします。

●本書の無断複製（コピー）は著作権法上での例外を除き禁じられています。また、代行業者等に依頼してスキャンやデジタル化を行うことは、たとえ個人や家庭内の利用を目的とする場合でも著作権法違反です。

中公文庫既刊より

各書目の下段の数字はISBNコードです。978－4－12が省略してあります。

に-7-55
東京－金沢 69年目の殺人
西村京太郎
終戦から69年たった8月15日、93歳の元海軍中尉が東京で扼殺された。金沢出身の被害者は、「特攻」の真相を探っていたことを十津川は突き止めるが。
206485-0

に-7-56
神戸 愛と殺意の街
西村京太郎
〈神戸の悪党〉を名乗るグループによる現金・宝石強奪事件。港町で繰り広げられる十津川と犯人の白熱の知恵比べ。悪党が実現を目指す夢の計画とは？
206530-7

に-7-57
「のと恋路号」殺意の旅 新装版
西村京太郎
自殺した婚約者の足跡を辿り「のと恋路号」に乗ったあや子にニセ刑事が近づき、婚約者が泊まった旅館の従業員は絞殺される。そして十津川の捜査に圧力が。
206586-4

に-7-58
恋の十和田、死の猪苗代 新装版
西村京太郎
ハネムーンで新妻を殺された過去を持つ刑事が、猪苗代湖で女性殺害の容疑者に。部下の無実を信じる十津川警部は美しい湖面の下に隠された真相を暴く！
206628-1

に-7-59
鳴門の渦潮を見ていた女
西村京太郎
元警視庁刑事の一人娘が、鳴門〈渦の道〉で何者かに誘拐された。犯人の提示した解放条件は現警視総監の暗殺！ 警視庁内の深い闇に十津川が切り込む。
206661-8

に-7-60
姫路・新神戸 愛と野望の殺人
西村京太郎
人気デザイナー尾西香里がこだま車内で殺害された！容疑者として浮上した夫には犯行時刻のアリバイが。愛憎と欲望が織り成す迷宮に十津川の推理が冴える。
206699-1

に-7-61
木曽街道殺意の旅 新装版
西村京太郎
捜査一課の元刑事が木曽の宿場町で失踪、さらに実在しない娘から捜索依頼の手紙が届く。残された写真をもとに十津川・亀井コンビは木曽路に赴くが……。
206739-4

に-7-62
ワイドビュー南紀殺人事件 新装版
西村京太郎
十津川警部の部下・三田村刑事は、恋人と南紀へ旅行中に偶然、殺人事件に遭遇。それは連続殺人への幕開きにすぎず、やがて恋人も姿を消した……。
206757-8

に-7-63
わが愛する土佐くろしお鉄道
西村京太郎
高知への帰省当日に刺殺された女子大生。事件の鍵を握るのは、四国の鉄道事情と地元の英雄である龍馬の影⁉ 十津川警部は安芸へ向かう。
206801-8

に-7-64
宮島・伝説の愛と死
西村京太郎
癌で余命いくばくもない一乗寺多恵子が殺害された。犯人はなぜ死期の迫った女性を殺めたのか？ 事件解決の鍵を求めて十津川警部は宮島へ向かったが……。
206839-1

に-7-65
由布院心中事件 新装版
西村京太郎
温泉地由布院で、旅行中の新妻が絞殺され、夫に殺人容疑が。東京では妻のかつての恋人が白骨遺体で発見された。友人夫婦を襲う最悪の事態に十津川警部は⁉
206884-1

に-7-66
パリ・東京殺人ルート 新装版
西村京太郎
パリで殺害された日本人が内偵中の容疑者と判明し十津川警部は現地へ。だが謎の犯罪組織の罠に警部は窮地に。パリ警視庁のメグレ警部も捜査に協力するが。
206927-5

に-7-67
西から来た死体 錦川鉄道殺人事件
西村京太郎
広島発のぞみの車内で女性が毒殺された。彼女は二五年前に引退した女優で、岩国と日原を結ぶ「岩日北線」の全線開通を夢見て資金集めに奔走していたが……。
206992-3

に-7-68
五能線の女
西村京太郎
私立探偵・橋本は仕事の成功を祝い鉄道旅行を楽しんでいたが、千畳敷殺人事件の容疑者として拘束される！ 複雑に仕組まれた罠に十津川警部が挑む。
207031-8

あ-10-10
静かなる良人 新装版
赤川次郎
浮気をして家へ帰ると夫は血まみれで倒れていた。犯人探しにのりだした妻の千草は、生前気づかなかった夫の思いがけない一面を知る……。〈解説〉山前 譲
206807-0

各書目の下段の数字はISBNコードです。978－4－12が省略してあります。

あ-10-11
迷子の眠り姫　新装版
赤川次郎
クラス対抗リレーの練習に出かけた昼下がり、誰かに川に突き落とされた高校生の笹倉里加。病院で目を覚ました彼女に不思議な力が！〈解説〉山前譲
206846-9

あ-10-12
いつもの寄り道
赤川次郎
出張に行ったはずの夫が、温泉旅館で若い女性とともに焼死体で見つかった。夫の手帳を手に入れ、事件の謎に近づく加奈子に危険が迫る！〈解説〉山前譲
206890-2

あ-10-13
夜に迷って
赤川次郎
将来有望な夫と可愛い娘のいる沢柳智春。義父の隠し子や弟のトラブル解決に尽力するが、たった一度の過ちが噂になり追いつめられていく。〈解説〉山前譲
206915-2

あ-10-14
夜の終りに
赤川次郎
三年前の殺人事件で記憶を失った母。別居中の父。殺人犯の夫が殺された矢先、娘の有貴が通り魔に襲われた。一家を陥れようとするのは……？〈解説〉山前譲
206931-2

あ-10-15
招かれた女
赤川次郎
解決済みの女学生殺人事件の犯人が野放しになっていた。真犯人の似顔絵を探し始めた人々が命を狙われて——。傑作サスペンス・ミステリー。〈解説〉山前譲
207039-4

う-10-34
坊っちゃん殺人事件　新装版
内田康夫
取材のため松山へ向かう浅見光彦。旅の途中何度も出会った女性が、後日、遺体で発見され疑われる光彦だったが——。浅見家の〝坊ちゃん〟が記した事件簿！
206584-0

う-10-35
イーハトーブの幽霊　新装版
内田康夫
宮沢賢治が理想郷の意味を込めて「イーハトーブ」と名付けた岩手県花巻で、連続殺人が。被害者は死の直前「幽霊を見た」と……。〈解説〉新名新
206669-4

う-10-36
萩殺人事件
内田康夫
お見合いのため山口県を訪れた浅見光彦の親友・松田将明が、浅見と共に連続殺人事件の闇に挑む！『汚れちまった道』と対をなす異色長篇。〈解説〉山前譲
206812-4